Verlag der Vampire

Darren Shan im Verlag der Vampire

Darren Shan und der Mitternachtszirkus
Darren Shan und die Freunde der Nacht
Darren Shan und die dunkle Stadt
Darren Shan und der Berg der Vampire
Darren Shan und die Prüfungen der Finsternis
Darren Shan und der Fürst der Vampire
Darren Shan und die Prophezeiungen der Dunkelheit
Darren Shan und die Verbündeten der Nacht

Darren Shan

... und die Prophezeiungen der Dunkelheit

Roman

Aus dem Englischen von
Gerald Jung und Katharina Orgaß

Verlag der Vampire

Die englische Originalausgabe erschien 2002 unter dem Titel
HUNTERS OF THE DUSK
bei HarperCollins, London

Besuchen Sie uns im Internet:
www.verlagdervampire.de

ISBN 3-7951-1824-7

Ein Unternehmen der Verlagsgruppe
Droemer Knaur, München
Gesetzt aus der 11/14 Punkt Stempel Garamond
Printed in Germany 2003

Für:

Shirley & Derek –
»Die Schöne und das Biest«

Meine Sparringspartner:
Gillie Russell & Zoë Clarke

Direkt am Ring:
Der Christopher-Little-Clan

OBEs (Orden der Blutigen Eingeweide)
werden verliehen an:
Kerri »Ich-schlitz-dir-den-Bauch-auf«
Goddard-Kinch
Christine Colinet »La Femme Fatale«

EINLEITUNG

Es war eine Zeit voller tragischer Missgeschicke. Was mich betrifft, nahm die Tragödie vor vierzehn Jahren ihren Anfang, als ich von der dressierten Spinne eines Vampirs so sehr fasziniert war, dass ich sie ihm stibitzte. Der Diebstahl gelang zwar, doch von da an ging plötzlich alles schrecklich schief, und ich musste für mein Vergehen mit dem Verlust meines menschlichen Daseins bezahlen. Ich täuschte meinen eigenen Tod vor, verließ meine Familie und mein Zuhause, um als Gehilfe eines Blut saugenden Geschöpfes der Nacht mit dem Cirque Du Freak durch die Lande zu ziehen.

Ich heiße Darren Shan. Ich bin ein Halbvampir. Außerdem bin ich durch eine atemberaubende Verkettung von Umständen, die ich selbst noch immer nicht recht fassen kann, zu einem Vampirfürsten geworden. So bezeichnet man die überaus angesehenen Anführer des Vampirclans, denen alle anderen Vampire unterstellt sind. Es gibt insgesamt fünf davon. Die vier anderen sind Paris Skyle, Mika Ver Leth, Pfeilspitze und Vancha March.

Inzwischen bin ich schon seit sechs Jahren Fürst und habe in dieser Zeit in den Hallen des Vampirberges (der Festung des Clans) gelebt, die Traditionen und Bräuche meines Volkes studiert und gelernt, wie sich ein guter Vampir zu verhalten hat. Ich wurde auch in der Kunst der Kriegsführung und im Umgang mit Waffen unterwiesen. Das Erlernen des Kriegshandwerks ist ein wesentlicher Bestandteil der Ausbildung eines jeden Vampirs, und gerade in diesen Zeiten war es wichtiger denn je – denn wir befanden uns tatsächlich im Krieg.

Unsere Gegner waren die Vampyre, unsere rotgesichtigen Blutsverwandten. Sie sind den Vampiren in vielem sehr ähnlich, doch es unterscheidet uns etwas Wesentliches: Die Vampyre töten die Menschen, deren Blut sie trinken. Vampire tun das nicht. Wir entnehmen denjenigen, an denen wir uns laben, nur eine kleine Menge Blut, wohingegen es die Vampyre als unehrenhaft betrachten, ihre Opfer nicht bis auf den letzten Tropfen auszusaugen.

Vampire und Vampyre waren einander nie sonderlich gewogen gewesen, doch seit Jahrhunderten hatten die beiden Clans einen wenn auch ziemlich wackligen Waffenstillstand eingehalten. Damit war es vor sechs Jahren endgültig vorbei. Damals hatte Kurda Smahlt, ein Verräter aus den eigenen Reihen des Vampirclans, einen Trupp

Vampyre in den Berg der Vampire eingeschleust und versucht, die Fürstenhalle zu erobern. Wir hatten die Eindringlinge abwehren können (was zum größten Teil mir zu verdanken war, weil ich die Verschwörung rechtzeitig vor dem Überfall aufgedeckt hatte) und die Überlebenden anschließend verhört, um herauszufinden, was die Vampyre bewogen hatte, uns so überraschend anzugreifen.

Im Gegensatz zu den Vampiren haben Vampyre keine Anführer – ihre Gesellschaftsordnung ist durch und durch demokratisch –, doch als sie sich vor rund sechshundert Jahren von den Vampiren abspalteten, suchte sie ein geheimnisvoller, mächtiger Magier namens Meister Schick auf und überbrachte ihnen den so genannten ›Feuersarg‹. Dieser Sarg verbrannte jeden, der sich hineinlegte, bei lebendigem Leib, aber Meister Schick verkündete, dass eines Nachts jemand dem Sarg unversehrt entsteigen und die Vampyre anschließend in eine siegreiche Schlacht gegen die Vampire führen werde. Danach wären die Vampyre die unangefochtenen Herrscher der Nacht.

Zu unserem Entsetzen stellte sich beim Verhör der Gefangenen heraus, dass jener Lord der Vampyre bereits erschienen war und unsere Gegenspieler auf der ganzen Welt sich auf einen furchtbaren, blutigen Krieg vorbereiteten.

Nachdem wir die Angreifer hingerichtet hatten,

verbreitete sich die Nachricht vom Vampirberg wie ein Lauffeuer: »Die Vampyre haben uns den Krieg erklärt!« Seither tobt ein erbitterter Kampf, und wir versuchen verzweifelt, Meister Schicks düstere Prophezeiung abzuwenden – dass wir den Krieg unweigerlich verlieren werden und unser Geschlecht für alle Zeit ausgelöscht wird …

KAPITEL 1

Wieder einmal verbrachte ich eine lange, anstrengende Nacht in der Fürstenhalle. Ein Obervampir namens Staffen Irve erstattete mir und Paris Skyle Bericht. Paris war mit über achthundert Jahren auf dem Buckel der zurzeit älteste lebende Vampir. Er besaß wallendes, weißes Haar, einen langen, grauen Bart und hatte das rechte Ohr schon vor einer halben Ewigkeit im Kampf eingebüßt.

Staffen Irve war drei Jahre lang im Feld gewesen und lieferte uns nun eine kurze Zusammenfassung seiner Erlebnisse im Krieg der Narben, wie die Auseinandersetzung inzwischen allgemein genannt wurde. (Diese Bezeichnung spielte auf die vernarbten Fingerkuppen an, das Erkennungszeichen aller Vampire und Vampyre.) Es war ein seltsamer Krieg. Es gab keine großen Schlachten, und keine der beiden Parteien benutzte Schusswaffen. Vampire und Vampyre kämpfen ausschließlich Mann gegen Mann, und das mit Schwertern, Keulen, Speeren oder dergleichen. Daher beschränkten sich die Gefechte auf einzelne Geplänkel, bei denen drei oder vier Vampire gegen die gleiche Anzahl Vampyre antraten und den Kampf bis zum bitteren Ende ausfochten.

»Wir waren vier und sie nur drei«, schilderte uns Staffen Irve einen noch nicht lange zurückliegenden Zusammenstoß. »Aber meine Jungs waren noch ziemlich trocken hinter den Mandeln und die Vampyre ausgefuchste Haudegen. Einen von ihnen hab ich erledigt, die anderen sind abgehauen. Von meinen Leuten sind leider zwei auf der Strecke geblieben, und der dritte konnte seinen Arm nicht mehr gebrauchen.«

»Haben die Vampyre irgendetwas von ihrem Lord erwähnt?«, erkundigte sich Paris.

»Nein, Euer Gnaden. Wenn ich welche gefangen genommen und verhört habe, haben sie mich nur ausgelacht, sogar als ich sie foltern ließ.«

Sechs Jahre lang fahndeten wir nun schon vergeblich nach dem sagenhaften Lord. Wir wussten lediglich, dass er noch nicht angezapft war (mehrere Vampyre hatten berichtet, er müsse sich erst mit ihrer Lebensweise vertraut machen, bevor er einer von ihnen werden könne). Die meisten Vampire vertraten übrigens die Ansicht, wir könnten Meister Schicks unheilvolle Prophezeiung nur abwenden, wenn wir den Lord rechtzeitig aufstöberten und töteten, bevor er sich zum Befehlshaber des Vampyrclans aufschwang.

Eine Gruppe anderer Obervampire wartete ebenfalls ungeduldig darauf, mit Paris zu sprechen. Als Staffen Irve fertig war, drängten sie näher, doch ich hob abwehrend die Hand. Dann ergriff ich einen Krug warmes Blut und reichte ihn dem einohrigen Fürsten. Paris lächelte mich dankbar an, nahm einen tiefen Zug und wischte sich mit dem Handrücken die roten Spritzer vom Mund. Seine Hand zitterte – die verantwortungsvolle Aufgabe, dem Kriegsrat vorzustehen, forderte ihren Tribut von dem greisen Vampir.

»Wollt Ihr nicht lieber für heute Nacht Schluss machen?«, fragte ich, um den Gesundheitszustand meines Mitfürsten besorgt.

Der schüttelte den Kopf. »Die Nacht ist noch jung«, brummelte er.

»Aber Ihr seid es nicht mehr«, mahnte eine vertraute Stimme hinter mir.

Es war Mr. Crepsley. Mein in einen roten Umhang gewandeter ehemaliger Lehrmeister hielt sich fast ständig in meiner Nähe auf, um mir mit Rat und Tat zur Seite zu stehen. Damit nahm er eine Sonderstellung ein. Als einfacher Vampir bekleidete er keinen höheren Dienstgrad und konnte im Grunde vom unerfahrensten Obervampir herumkommandiert werden. Doch als mein Vormund besaß er inoffiziell so viel Einfluss wie ein Fürst, da ich seine Ratschläge fast immer befolgte. In Wahrheit war Mr. Crepsley nur Paris Skyle unterstellt, auch wenn diese Tatsache nie offen ausgesprochen wurde. Da werd noch einer schlau draus!

»Ihr solltet Euch ein wenig ausruhen«, wandte sich mein ehemaliger Meister jetzt direkt an den Alten und legte ihm die Hand auf die Schulter. »Dieser Krieg wird noch lange dauern. Ihr müsst mit Euren Kräften haushalten. Wir brauchen Euch noch.«

»Blödsinn!«, wehrte Paris ab. »Du und Darren – ihr seid unsere Zukunft. Ich bin schon Vergangenheit, Larten. Wenn dieser Krieg so lange währt, wie zu befürchten steht, werde ich sein Ende nicht mehr erleben. Wenn ich mich jetzt nicht ranhalte, wann dann?«

Mr. Crepsley wollte ihm widersprechen, doch Paris gebot ihm mit einer Geste Schweigen. »Ein alter Zausel wie ich lässt sich nicht gern erzählen, wie jung und kräftig er noch ist. Ich pfeife auf dem letzten Loch, und wer etwas anderes behauptet, ist entweder ein Dummkopf, ein Lügner oder beides.«

Mein Mentor neigte gehorsam den Kopf. »Nun gut. Ich will mich nicht mit Euch herumstreiten.«

»Das will ich auch hoffen«, gab Paris zurück, doch dann rutschte er unbehaglich auf seinem Thron herum. »Aber diese Nacht war wirklich strapaziös. Ich höre mir noch an, was diese Obervampire da drüben vorzubringen haben, dann ziehe ich mich in meinen Sarg zurück und schlafe eine Runde. Glaubst du, Darren kommt ohne mich zurecht?«

»Ganz bestimmt«, bekräftigte Mr. Crepsley und stellte sich unauffällig hinter mich, bereit, mir jederzeit beizuspringen, als die Obervampire nun vor das Podium traten.

Als der Morgen dämmerte, lag Paris noch immer nicht in seinem Sarg. Die Obervampire hatten eine Menge zu besprechen: Sie verglichen Berichte über die Bewegungen des Feindes und versuchten auf diese Weise, das Versteck des Lords ausfindig zu machen. Es war schon fast Mittag, als sich der alte Fürst endlich verabschiedete.

Auch ich gestattete mir eine kurze Pause und aß einen Happen. Dann nahmen drei der Kampfausbilder des Berges, die mit dem Training der zukünftigen Obervampire betraut waren, meine Aufmerksamkeit in Anspruch. Anschließend erteilte ich noch zwei frisch gebackenen Obervampiren den Marschbefehl, damit sie sich ihre ersten Sporen im Gefecht mit den Vampyren verdienen konnten. Ich brachte die kleine Zeremonie so rasch wie möglich hinter mich. Ich musste ihre Stirn mit Vampirblut benetzen und dabei einen altertümlichen Kriegssegen murmeln, dann wünschte ich ihnen viel Glück und sandte sie aus, um Vampyre zu töten – oder von ihnen getötet zu werden.

Als das erledigt war, waren die einfachen Vampire

an der Reihe, mir ihre Fragen und Probleme vorzutragen. Von mir als Fürst wurde erwartet, dass ich mich mit jedem nur denkbaren Thema unter dem Mond befasste. Zwar war ich nur ein junger, unerfahrener Halbvampir, der eher durch Zufall als aufgrund eigener Verdienste zum Fürsten ordiniert worden war, doch die Clanmitglieder vertrauten allen ihren Fürsten bedingungslos und brachten mir dieselbe Hochachtung entgegen wie Paris oder einem der anderen Anführer.

Als schließlich auch der letzte Vampir die Halle verlassen hatte, legte ich mich in einer Hängematte, die ich im hinteren Teil des Raumes angebracht hatte, für drei Stunden aufs Ohr. Nach dem Aufwachen aß ich ein paar Bissen halb rohes, gepökeltes Wildschweinfleisch, spülte es mit Wasser hinunter und gönnte mir zum Schluss einen kleinen Becher Blut. Dann war es schon wieder höchste Zeit, mich auf meinen Thron zu begeben, um die neuesten Lageberichte entgegenzunehmen, Schlussfolgerungen daraus zu ziehen und Schlachtpläne zu schmieden.

KAPITEL 2

Ein lauter Schrei riss mich jäh aus dem Schlaf. Ich fuhr in die Höhe und plumpste aus meiner Hängematte unsanft auf den kalten, harten Steinfußboden der Schlafkammer. Automatisch fuhr meine Hand an den Knauf des Kurzschwertes, das Nacht und Tag an meiner Hüfte baumelte. Dann wich meine Benommenheit, und ich begriff, dass Harkat nur wieder einen seiner Albträume hatte.

Harkat Mulds war ein Kleiner Kerl, eines dieser kleinwüchsigen Wesen in blauen Kapuzenkutten, die Meister Schick dienten. Früher einmal war er ein Mensch gewesen, konnte sich allerdings weder an seine damalige Identität erinnern noch daran, wann und wo er gelebt hatte. Bei seinem Tod hatte seine Seele die Erde nicht verlassen können, und schließlich hatte ihn Meister Schick in seiner jetzigen verkrüppelten Gestalt wieder zum Leben erweckt.

»Harkat«, ächzte ich und schüttelte ihn unsanft. »Wach auf. Du hast wieder geträumt.«

Harkat besaß keine Augenlider, doch seine großen, grünen Augen wurden trüb, wenn er schlief.

Jetzt leuchteten sie auf, und mit lautem Stöhnen rollte er aus seiner Hängematte, genau wie ich gerade eben. »Drachen!«, brüllte er. Der Mundschutz, den er rund um die Uhr umgebunden hatte, dämpfte seine Stimme ein wenig. Normale Luft vertrug er nicht länger als zehn oder zwölf Stunden, und ohne die Filtermaske müsste er sterben. »Drachen!«

»Nein«, gähnte ich. »Das hast du bloß geträumt.«

Harkat starrte mich mit seinen unnatürlich grünen Augen an, dann beruhigte er sich, zog die Maske herunter und enthüllte seinen breiten, graulippigen, klaffenden Mund. »Tut mir Leid, Darren. Hab ich dich ... geweckt?«

»Nein«, schwindelte ich. »Ich war schon wach.«

Ich schwang mich wieder in meine Hängematte, setzte mich auf und musterte Harkat. Er war wirklich erstaunlich hässlich. Klein und stämmig, mit leichenfahler, grauer Haut, ohne sichtbare Ohren und Nase (die Ohren waren unter der Kopfhaut eingenäht, doch er besaß weder Geruchs- noch Geschmackssinn). Dazu war er völlig kahl, hatte runde, grüne Augen, scharfe, kleine Zähne und eine dunkelgraue Zunge. Sein Gesicht war so narbenübersät wie das von Frankensteins Monster.

Ich selbst war allerdings, wie die meisten Vampire, auch nicht gerade eine Schönheit! Mein Gesicht und mein Körper waren voller Narben und

Brandwunden. Viele davon hatte ich mir bei meinen Einweihungsprüfungen zugezogen, die ich zwei Jahre zuvor im zweiten Anlauf bestanden hatte. Auch ich war seit dem ersten Prüfungsdurchgang, bei dem ich schwere Verbrennungen davongetragen hatte, so glatzköpfig wie ein Säugling.

Harkat war einer meiner besten Freunde. Er hatte mir schon zweimal das Leben gerettet: Das erste Mal, als ich auf der Anreise zum Vampirberg von einem wilden Bären angefallen worden war, und das zweite Mal bei meinen ersten, misslungenen Einweihungsprüfungen, als ich mit zwei mörderischen Wildschweinen hatte kämpfen müssen. Es bereitete mir Sorgen, dass er immer noch unter den Albträumen litt, die ihn schon seit Jahren quälten.

»War es der gleiche Traum wie immer?«, erkundigte ich mich.

»Ja«, nickte der Kleine Kerl. »Ich wanderte durch ein weites, ödes Land. Der Himmel war rot. Ich suchte irgendetwas, aber ich … wusste nicht, was. Überall waren Gruben mit spitzen Pfählen. Dann wurde ich von einem Drachen angegriffen. Ich konnte ihn in die Flucht schlagen, aber … ein zweiter tauchte auf. Dann noch einer. Dann …« Er seufzte bedrückt.

Harkat sprach immer besser. Als er angefangen hatte zu reden, hatte er alle zwei oder drei Wörter unterbrechen und Luft holen müssen, doch inzwischen hatte er sich eine spezielle Atemtechnik angeeignet und stockte nur noch bei längeren Sätzen.

»Waren die Schattenmänner auch wieder da?«, wollte ich wissen. Manchmal träumte er nämlich von schattenhaften Gestalten, die ihn verfolgten und peinigten.

»Diesmal nicht«, verneinte er. »Aber sie wären bestimmt noch gekommen, wenn du ... mich nicht wachgerüttelt hättest.« Er schwitzte (sein Schweiß hatte eine hellgrüne Farbe), und seine Schultern bebten leicht. Das Schlafen war für ihn zur Qual geworden. Daher blieb er so lange wie möglich wach und schlief nur alle drei Tage höchstens vier oder fünf Stunden.

»Willst du was essen oder trinken?«, fragte ich.

»Nein«, lehnte er ab. »Hab keinen Hunger.« Er rappelte sich auf und reckte die kräftigen Arme. Er war nur mit einem Tuch um die Hüften bekleidet, so dass ich seine Brust und seinen Bauch sehen konnte, die völlig glatt waren, ohne Brustwarzen und Nabel.

»Freut mich, dich mal wieder zu sehen«, meinte er und streifte sich die blaue Kutte über, die er aus Gewohnheit noch immer trug. »Ist schon ewig her .... dass du hier geschlafen hast.«

»Ich weiß«, stöhnte ich. »Dieser verfluchte Kriegskram bringt mich noch mal um, aber ich kann Paris nicht im Stich lassen. Er braucht mich.«

»Wie geht's dem Hohen Herrn denn so?«

»Er hält sich wacker. Aber es ist furchtbar anstrengend. So viele Entscheidungen müssen getroffen werden, so viele Truppen aufgestellt, so viele Vampire in den sicheren Tod geschickt werden.«

Wir schwiegen beide und dachten an den Krieg der Narben und all jene Vampire, die ihm bereits zum Opfer gefallen waren – darunter einige sehr gute Freunde von uns.

»Und wie ist es dir so ergangen?«, wandte ich mich an den Kleinen Kerl und verscheuchte die trüben Gedanken.

»Hatte alle Hände voll zu tun. Seba hält mich ganz schön auf Trab.«

Nachdem sich Harkat ein paar Monate müßig im Vampirberg herumgetrieben hatte, hatte er angefangen, für Seba Nile, den Quartiermeister, zu arbeiten. Dieser war für alle Lagerräume des Berges zuständig und verwaltete die Vorräte an Lebensmitteln, Kleidung und Waffen. Zunächst hatte Harkat nur Kisten und Säcke geschleppt, doch schon bald hatte er sich mit der Einteilung der Vorräte und den Bedürfnissen der Vampire vertraut gemacht und war zu Sebas Obergehilfen aufgestiegen.

»Musst du gleich wieder in die Fürstenhalle zu-

rück?«, fragte er. »Seba möchte dich gern sprechen. Er will dir … ein paar Spinnen zeigen.«
Der Berg wurde von abertausend Achtfüßlern bewohnt, die ›Ba'Halens-Spinnen‹ genannt wurden.
»Ich muss wieder an die Arbeit«, erwiderte ich bedauernd, »aber ich versuche, möglichst bald bei ihm vorbeizuschauen.«
»Tu das«, sagte Harkat ernst. »Du siehst erschöpft aus. Paris ist nicht der Einzige, der dringend Ruhe braucht.«
Kurz darauf musste Harkat selbst los, um die Ankunft eines Trupps Obervampire vorzubereiten. Ich blieb in meiner Hängematte liegen und blickte an die dunkle Felsdecke über mir, konnte jedoch nicht mehr einschlafen.
Seit unserer Ankunft im Vampirberg teilte ich mir mit Harkat diese Kammer. Es war bloß ein kleines Kabuff, aber es kam einem Schlafzimmer so nahe, wie das im Berg eben möglich war. Ich hielt mich gern dort auf. Leider kam ich in letzter Zeit nur selten dazu. Die meisten Nächte verbrachte ich in der Fürstenhalle, und die paar freien Stunden, die mir verblieben, nutzte ich normalerweise zum Essen oder Trainieren.
Im Liegen fuhr ich mir mit der Hand über den kahlen Schädel und dachte an meine Prüfungen zurück. Im zweiten Anlauf hatte ich sie schließlich doch noch bestanden. Ich hätte sie nicht noch einmal zu absolvieren brauchen – als Fürst war ich

dazu nicht verpflichtet –, doch ich wäre mir sonst feige vorgekommen. Es war der Beweis, dass ich würdig war, ein Vampir zu sein.

Abgesehen von den Narben und Verbrennungen hatte ich mich im Lauf der vergangenen sechs Jahre äußerlich nicht sehr verändert. Da ich nur ein Halbvampir bin, altere ich ungefähr fünfmal langsamer als ein Mensch. Seit meiner Zeit beim Cirque Du Freak war ich zwar ein Stück gewachsen, und meine Gesichtszüge waren etwas ausgeprägter und weniger kindlich als früher, einschneidend verändern würde ich mich jedoch erst als vollwertiger Vampir. Als solcher verfügte ich dann über wesentlich mehr Körperkraft, könnte mit meinem Speichel Wunden verschließen, ein Gas ausatmen, das Menschen bewusstlos macht, und mich mit anderen Vampiren durch Gedankenübertragung verständigen. Nicht zu vergessen das Huschen, eine superschnelle Fortbewegungsart, die nur vollwertige Vampire beherrschen. Andererseits vertrüge ich dann kein Sonnenlicht mehr und könnte mich bei Tag nicht mehr frei bewegen.

Doch das alles war noch längst nicht aktuell. Mr. Crepsley hatte nie erwähnt, wann ich ein Vollvampir werden würde, aber ich hatte mir zusammengereimt, dass ich dazu erst ausgewachsen sein musste. Das wiederum würde noch zehn bis fünfzehn Jahre dauern, denn ich steckte noch immer im Körper eines Kindes. Insofern blieb mir noch reichlich Zeit, meine verlängerte Kindheit zu genießen – oder zu erdulden.

Ich ruhte mich noch eine halbe Stunde lang aus, dann stand ich auf und zog mich an. Inzwischen hatte ich mir angewöhnt, Hemd, Hose sowie ein Wams aus hellblauem Stoff und darüber ein langes, königlich wirkendes Übergewand zu tragen. Als ich das Hemd überstreifte, verfing sich wie so oft mein rechter Daumen im Ärmel. Vor sechs Jahren hatte ich ihn mir gebrochen, und er stand immer noch ab.

Vorsichtig, um den Stoff nicht mit meinen extrascharfen Fingernägeln aufzuschlitzen, mit denen ich sogar Löcher in mürbes Gestein bohren konnte, machte ich mich los und zog mich fertig an. Ich schlüpfte in ein Paar weiche Schuhe und fuhr mir gewohnheitsmäßig mit der Hand über den Kopf, um festzustellen, ob ich Zeckenbisse abbekommen hatte, denn in letzter Zeit herrschte im Berg eine regelrechte Zeckenplage. Dann begab ich mich wieder in die Fürstenhalle, wo eine weitere endlose Nacht strategischer Überlegungen und hitziger Diskussionen auf mich wartete.

KAPITEL 3

Die Flügeltüren der Fürstenhalle konnten ausschließlich von den Fürsten geöffnet werden, indem sie die Hand darauf legten oder die Armlehnen ihrer Thronsessel im Inneren der Halle berührten. Das Kuppelgewölbe war vor vielen hundert Jahren von Meister Schick und seinen Kleinen Leuten errichtet worden. Die Wände des Raumes waren unzerstörbar.

In der Halle wurde der Stein des Blutes aufbewahrt, ein Gegenstand von größter Bedeutung, der magische Eigenschaften besaß. Jeder Vampir, der den Berg zum ersten Mal betrat (die meisten der insgesamt etwa dreitausend Vampire auf der Welt unternahmen diese Reise mindestens einmal in ihrem Leben), legte seine Hände auf den Stein und ließ ihn ein wenig von seinem Blut aufsaugen. Von diesem Moment an konnte man mithilfe des Steins den Vampir ausfindig machen, wo immer dieser sich gerade befinden mochte. Wollte zum Beispiel Mr. Crepsley wissen, wo Pfeilspitze steckte, musste er nur die Hände auf den Stein legen und an den Fürsten denken, nach wenigen

Sekunden stöberte der Stein den Gesuchten dann auf. Man konnte sich auch auf eine bestimmte Gegend konzentrieren, und der Stein verriet einem, wie viele Vampire sich dort gerade aufhielten.
Ich selbst durfte mich des Steins zwar nicht bedienen – das blieb den vollwertigen Vampiren vorbehalten –, konnte jedoch mit seiner Hilfe gefunden werden, da auch ich ihn bei meiner Ordination zum Fürsten mit meinem Blut getränkt hatte.
Sollte der Stein des Blutes jemals den Vampyren in die Hände fallen, konnten sie mit seiner Hilfe sämtliche Vampire aufspüren, die sich jemals mit dem Stein verbunden hatten. Da nützte auch das beste Versteck nichts. Wir wären ihnen ausgeliefert und würden mit Stumpf und Stiel ausgerottet. Deshalb hielten manche Vampire den Stein des Blutes für so gefährlich, dass sie ihn am liebsten zerstört hätten – doch eine alte Legende besagte, dass der Stein uns in der Stunde unserer größten Not retten würde.
Das alles ging mir durch den Kopf, als ich zusah, wie Paris unter Zuhilfenahme des Steins unsere Truppen außerhalb des Berges befehligte. Sobald uns ein Trupp Vampyre gemeldet wurde, ortete Paris mit dem Stein seine Obervampire und übermittelte ihnen telepathisch seine Befehle. Diese Vorgehensweise war die eigentliche Ursache seiner Erschöpfung. Natürlich konnten auch andere Vampire den Stein bedienen, doch der greise Fürst

hatte den Oberbefehl, und es kürzte den Vorgang ab, wenn er die Anweisungen persönlich gab.
Während sich Paris ganz auf die Arbeit mit dem Stein konzentrierte, versuchten Mr. Crepsley und ich uns aufgrund der eingetroffenen Lageberichte ein Bild von den Truppenbewegungen der Vampyre zu machen. Die Obervampire vor Ort taten dasselbe, doch unsere Aufgabe war es, ihre Informationen zu sammeln, zu sortieren und die wichtigsten herauszufiltern. Auf dieser Grundlage unterbreiteten wir Paris dann unsere Vorschläge. Überall lagen Karten herum, auf denen mit bunten Fähnchen die Standorte von Vampiren und Vampyren markiert waren.
In eine dieser Karten hatte sich mein ehemaliger Meister mit sorgenvoller Miene vertieft. »Fällt dir etwas auf?«, wandte er sich schließlich an mich.
Ich betrachtete die Karte. Drei gelbe und zwei rote Fähnchen gruppierten sich um eine Stadt. Wir verwendeten fünf verschiedene Farben: Blau für Vampire, Gelb für Vampyre, Grün für die Hochburgen der Vampyre – größere und kleinere Städte, die sie als Stützpunkte benutzten und erbittert verteidigten, weiße Fähnchen kennzeichneten Orte, an denen wir gesiegt, rote Fähnchen solche, an denen wir die Schlacht verloren hatten.
»Was soll mir denn auffallen?«, fragte ich zurück. Vor lauter Schlafmangel und der ständigen Beschäftigung mit den Karten und hastig hingekrit-

zelten Berichten verschwammen mir die roten und gelben Fähnchen vor den Augen.

»Der Name der Stadt«, gab Mr. Crepsley zurück und deutete mit dem Fingernagel darauf.

Zuerst sagte mir der Name überhaupt nichts. Dann ging mir ein Licht auf. »Das ist ja Ihr Geburtsort«, sagte ich. In dieser Stadt hatte Mr. Crepsley als Mensch gelebt. Zwölf Jahre zuvor war er zusammen mit mir und Evra Von, dem Schlangenjungen aus dem Cirque Du Freak, noch einmal dorthin zurückgekehrt, um einem geisteskranken Vampyr namens Murlough das Handwerk zu legen, der dort Amok lief.

»Such mir doch mal die Berichte heraus«, bat mich mein früherer Meister. Jedes Fähnchen war nämlich mit einer Nummer versehen, welche den zugehörigen Bericht kennzeichnete. Nach kurzem Suchen fand ich die Akte und blätterte sie durch.

»Von den Vampyren, die dort gesichtet wurden«, fasste ich den Inhalt zusammen, »waren zwei auf dem Weg in die Stadt. Der dritte zog gerade wieder ab. Die eine rote Fahne stammt vom letzten Jahr: Damals starben vier Obervampire bei einem schweren Gefecht mit mehreren Vampyren.«

»Die andere bezeichnet die Stelle, wo Staffen Irve zwei seiner Leute verloren hat«, ergänzte mein Berater. »Als ich diese Fahne eben auf die Karte

steckte, fiel mir auf, dass sich die Aktivitäten der Vampyre in der Nähe dieser Stadt häufen.«
»Sie meinen, das könnte etwas zu bedeuten haben?« In der Tat war es ungewöhnlich, dass sich so viele Vampyre am gleichen Ort blicken ließen.
»Ganz sicher bin ich nicht«, räumte der Vampir ein. »Vielleicht haben die Vampyre dort einen ihrer Stützpunkte eingerichtet, obwohl mir nicht einleuchtet, wieso. Der Ort ist viel zu abgelegen.«
»Wir können ja einen Kundschafter hinschicken«, schlug ich vor.
Mein Berater dachte nach, dann schüttelte er den Kopf. »Wir haben in der Gegend schon zu viele Obervampire eingebüßt. Außerdem hat die Stadt keine strategische Bedeutung. Lassen wir die Sache auf sich beruhen.«
Er rieb sich die lange Narbe, die quer über seine linke Gesichtshälfte lief, hielt den Blick aber unverändert auf die Karte gerichtet. Wegen der Zeckenplage war sein orangefarbener Schopf kürzer geschnitten als sonst, und in der gleißend hell erleuchteten Halle wirkte er fast kahl.
»Aber die Sache bereitet Ihnen Kopfzerbrechen, stimmt's?«, hakte ich nach.
Er nickte. »Wenn die Vampyre dort wirklich einen Stützpunkt eingerichtet haben, ernähren sie sich zwangsläufig vom Blut der Einwohner. Ich betrachte diese Stadt immer noch als meine Heimat, und der Gedanke, dass meine ehemaligen

Nachbarn und Verwandten Opfer der Vampyre werden, missfällt mir.«
»Dann schicken wir eben einen Truppenverband hin, der sie verjagt.«
Der Vampir seufzte. »Das wäre nicht recht. Damit würde ich meine persönlichen Interessen über das Wohl des Clans stellen. Sollte ich selbst jemals ins Feld beordert werden, kann ich die Lage persönlich überprüfen, aber es besteht kein Anlass, andere mit hineinzuziehen.«
»Wie stehen eigentlich die Chancen, dass Sie und ich irgendwann hier wieder rauskommen?«, nutzte ich die Gelegenheit zu einer Frage. Ich war zwar nicht besonders scharf aufs Kämpfen, doch nach sechs Jahren freiwilliger Gefangenschaft im Inneren des Berges hätte ich für ein paar Nächte unter freiem Himmel meine Fingernägel hergegeben, selbst wenn ich es dafür allein mit einem Dutzend Vampyre hätte aufnehmen müssen.
»So wie es momentan aussieht, ziemlich schlecht«, gab Mr. Crepsley zurück. »Ich fürchte, wir beide müssen bis zum Ende des Krieges hier drinnen ausharren. Sollte einer der anderen Fürsten so schwer verwundet werden, dass er kampfunfähig ist, könnte es passieren, dass wir seinen Platz einnehmen müssen. Aber sonst ...« Er trommelte mit den Fingern auf die Karte und runzelte die Stirn.
»*Sie* brauchen ja nicht unbedingt hier zu bleiben«,

sagte ich. »Ich finde bestimmt massenweise andere Berater.«
Mein ehemaliger Meister lachte rau. »Massenweise Berater, die dir sagen, was du tun sollst«, stimmte er mir zu. »Aber wie viele davon würden dir die Ohren lang ziehen, wenn du Mist gebaut hast?«
»Vermutlich nicht viele«, grinste ich.
»Für die anderen bist du ein Fürst. Für mich dagegen bist du zuallererst noch immer ein neugieriger Rotzlöffel mit einer fatalen Neigung, anderen Leuten die Spinnen zu klauen.«
»Na, das ist ja reizend!«, schnaubte ich mit gespieltem Ärger. Ich wusste, dass er mich nur aufzog – Mr. Crepsley behandelte mich stets mit der Ehrerbietung, die meinem hohen Rang angemessen war –, doch seine Neckereien hatten einen wahren Kern. Er und ich hatten ein ganz besonderes Verhältnis zueinander, fast wie Vater und Sohn. Er durfte mir Sachen ins Gesicht sagen, die ich keinem anderen Vampir hätte durchgehen lassen. Ohne ihn war ich aufgeschmissen.
Wir legten die Karte mit seiner früheren Heimatstadt vorerst beiseite und wandten uns dringlicheren Angelegenheiten zu. Noch ahnten wir nichts von den Ereignissen, die uns schon bald an den Schauplatz von Mr. Crepsleys Jugend zurückführen würden, und von dem schrecklichen Kampf gegen das Böse, der uns dort bevorstand.

KAPITEL 4

Die Hallen und Gänge des Vampirberges vibrierten vor Aufregung: Mika Ver Leth war nach fünf Jahren Abwesenheit zurückgekehrt, und es ging das Gerücht, er habe Neuigkeiten über den Lord der Vampyre mitgebracht! Ich war gerade in meiner Schlafkammer, als mich die Nachricht erreichte. Ich verlor keine Zeit. Rasch zog ich mich an und eilte bergauf zur Fürstenhalle, um zu hören, ob an der Geschichte etwas Wahres dran war.

Als ich die Halle betrat, unterhielt sich Mika gerade mit Paris und Mr. Crepsley, umringt von einer Traube neugieriger Obervampire. Wie immer war Mika von Kopf bis Fuß in Schwarz gekleidet, und seine Raubvogelaugen schienen noch grimmiger zu funkeln als sonst. Als er bemerkte, dass ich mich zu ihm durchdrängelte, hob er die Hand zum Gruß. Ich nahm Haltung an und erwiderte die Geste.

»Wie geht's unserem Nachwuchsfürsten?«, fragte Mika mit einem flüchtigen Lächeln.

»Ganz gut«, erwiderte ich und ließ den Blick auf der Suche nach Verwundungen über seine hohe

Gestalt schweifen. Den meisten Vampiren, die in den Berg zurückkehrten, waren die Spuren des Krieges deutlich anzumerken. Doch abgesehen davon, dass Mika müde wirkte, konnte ich keine äußerlich sichtbaren Verletzungen entdecken. »Was gibt's Neues vom Lord der Vampyre?«, fragte ich ohne Umschweife. »Ich habe gehört, du weißt, wo er steckt.«

Mika schnitt eine Grimasse. »Schön wär's!« Er sah sich um. »Wollen wir sofort eine Versammlung einberufen? Ich habe tatsächlich Neuigkeiten, aber ich würde sie lieber der ganzen Halle mitteilen.« Sogleich begaben sich alle Anwesenden auf ihre Plätze. Mika ließ sich auf seinem Thron nieder und stieß einen zufriedenen Seufzer aus. »Endlich wieder daheim«, sagte er und tätschelte die Armlehnen seines Sessels. »Hat Seba gut auf meinen Sarg aufgepasst?«

»Die Vampyre sollen Euren Sarg holen!«, rief ein Obervampir, der sich vor lauter Ungeduld über die Etikette hinwegsetzte. »Was ist mit dem Lord?«

Mika fuhr sich durch das rabenschwarze Haar. »Zuerst möchte ich eins klarstellen: Ich weiß nicht, wo er sich derzeit aufhält.« Ein unzufriedenes Raunen ging durch die Reihen. »Aber ich habe da etwas läuten hören«, fuhr der Heimkehrer fort, und es wurde sofort wieder still.

»Doch bevor ich anfange«, sagte Mika, »habt ihr

von der neuesten Verstärkung der Vampyrarmee gehört?« Die Anwesenden blickten ihn verständnislos an. »Seit Kriegsbeginn haben die Vampyre die Zahl ihrer Mitglieder systematisch aufgestockt und mehr Menschen angezapft als früher.«
»Das ist doch Schnee von gestern«, brummte Paris. »Es gibt viel weniger Vampyre als Vampire. Da ist es nur logisch, dass sie fieberhaft Krieger rekrutieren. Aber das ist kein Grund zur Sorge – wir sind ihnen zahlenmäßig noch immer weit überlegen.«
»Das schon«, entgegnete Mika. »Aber mittlerweile setzen sie auch gewöhnliche Menschen für ihre Zwecke ein. Sie nennen sie ›Vampets‹. Diese Bezeichnung soll sich der Lord persönlich ausgedacht haben. Genau wie er selbst werden sie mit der Lebensweise der Vampyre vertraut gemacht und zu Kriegern ausgebildet, obwohl sie noch gar nicht angezapft sind. Offenbar will der Lord eine komplette menschliche Hilfsarmee aufstellen.«
»Mit den Menschen werden wir schon fertig«, knurrte ein Obervampir, und andere Zuhörer pflichteten ihm bei.
»Normalerweise schon«, stimmte ihm auch Mika zu, »aber diese Vampets sind ein anderes Kaliber. Sie besitzen zwar nicht die besonderen Fähigkeiten der Vampyre, aber sie haben gelernt zu kämpfen wie diese. Erschwerend kommt hinzu, dass sie nicht an den Ehrenkodex der Vampyre gebunden

sind, da sie nicht angezapft wurden. Für sie ist es also nicht Ehrensache, stets die Wahrheit zu sagen, die alten Bräuche spielen für sie keine Rolle, und vor allem sind sie bei der Wahl ihrer Waffen nicht auf den Nahkampf beschränkt.«

Ungehaltene Ausrufe wurden laut.

»Du willst uns doch nicht etwa weismachen, dass die Vampyre jetzt *Gewehre* benutzen?«, fragte Paris entrüstet. Was Waffen betraf, hatten die Vampyre fast noch strengere Vorschriften als wir Vampire. Wir durften immerhin noch Bumerangs und Speere benutzen, was die meisten Vampyre kategorisch ablehnten.

»Die Vampets sind keine Vampyre«, knurrte Mika. »Einen nicht angezapften Vampet hält nichts und niemand davon ab, Schusswaffen einzusetzen. Vielleicht sind nicht alle Vampyre damit einverstanden, aber ihr Lord hat es nun mal erlaubt.

Doch mit den Vampets können wir uns ein andermal befassen«, fuhr der dunkle Fürst fort. »Ich habe sie nur erwähnt, weil ich durch sie etwas über den Lord herausgefunden habe. Ein Vampyr lässt sich lieber qualvoll zu Tode foltern, als etwas über seinen Clan preiszugeben, Vampets hingegen sind nicht so hartgesotten. Vor ein paar Monaten gelang es mir, einen von ihnen gefangen zu nehmen und ein paar interessante Informationen aus ihm herauszukitzeln. Zunächst einmal: Der

Lord der Vampyre hat keinen festen Standort. Er zieht mit einer kleinen Leibwache durch die Welt und besucht die verschiedenen Kriegsschauplätze, um die Moral seiner Truppen zu heben.«

Diese Neuigkeit sorgte unter den Obervampiren für einigen Aufruhr, denn wenn der Vampyrlord ständig unterwegs und nur mangelhaft bewacht war, dann war es viel leichter, ihn zu überwältigen.

»Und wusste dieser ... ›Vampet‹ auch, wo sich der Lord zurzeit aufhält?«, erkundigte sich Mr. Crepsley.

Mika schüttelte bedauernd den Kopf. »Er war ihm zwar einmal begegnet, doch das lag schon über ein Jahr zurück. Nur die persönlichen Begleiter des Lords sind über seine Reiseroute unterrichtet.«

»Was hat dir der Gefangene sonst noch erzählt?«, ergriff nun wieder Paris das Wort.

»Dass auch der Lord selbst noch immer nicht angezapft wurde. Und dass trotz aller Bemühungen der Kampfgeist seiner Untergebenen nachlässt. Die Vampyre haben schwere Verluste zu beklagen, und viele von ihnen glauben, dass sie diesen Krieg nicht gewinnen können. Einige sprechen schon von einem Friedensvertrag – oder sogar von bedingungsloser Kapitulation.«

Jubel brandete auf. Einige Obervampire waren von Mikas Bericht so begeistert, dass sie auf das

Podium kletterten, ihn auf die Schultern hoben und im Triumph aus der Halle trugen. Auf dem Weg in die unteren Regionen des Berges, wo die Fässer und Kisten mit Bier und Wein gelagert waren, hörte man sie ausgelassen johlen und singen. Die besonneneren Obervampire blickten Paris fragend an.

»Geht nur«, ermunterte sie der alte Fürst. »Es wäre unhöflich, Mika und seine übereifrigen Trinkkumpane allein feiern zu lassen.«

Bei dieser Aufforderung applaudierten die Obervampire und machten sich eilig aus dem Staub. Nur ein paar Wachen, Mr. Crepsley, Paris und ich blieben zurück.

»Das ist doch kindisch«, grummelte mein ehemaliger Lehrmeister. »Wenn die Vampyre tatsächlich schon so weit sind, dass sie in Erwägung ziehen, sich zu ergeben, sollten wir keine Zeit verlieren und ihnen noch härter zusetzen als bisher.«

»Ach, Larten«, unterbrach ihn Paris, »geh zu den anderen, schnapp dir das größte Bierfass, das du auftreiben kannst, und trink dir einen tüchtigen Rausch an.«

Mr. Crepsley starrte seinen Vorgesetzten mit offenem Mund an. »Paris!«, japste er vorwurfsvoll.

»Du bist schon viel zu lange hier eingesperrt«, sagte dieser gelassen. »Verschwinde und schalte mal eine Weile ab. Und komm mir bloß nicht ohne einen Kater wieder unter die Augen.«

»Aber …«, setzte der Angesprochene noch einmal zum Protest an.
»Das ist ein Befehl, Larten«, schnitt ihm Paris streng das Wort ab.
Mein Vormund sah aus, als hätte man ihn soeben gezwungen, eine lebendige Kröte zu verschlucken. Doch er würde sich niemals der Order eines Ranghöheren widersetzen, deshalb knallte er die Hacken zusammen, murmelte: »Sehr wohl, Euer Gnaden« und stürmte beleidigt aus der Halle in Richtung Lagerräume.
»Ich habe Mr. Crepsley noch nie verkatert gesehen«, lachte ich. »Wie benimmt er sich dann?«
»Wie ein … wie heißt es bei den Menschen? Ein angeschossener Löwe?« Paris hüstelte in seine Faust – er hustete überhaupt viel in letzter Zeit –, dann lächelte er. »Aber es wird ihm gut tun. Manchmal sieht Larten einfach alles zu verbissen.«
»Und was ist mit Euch? Wollt Ihr Euch nicht auch dazugesellen?«
Paris setzte eine säuerliche Miene auf. »Ein Krug Bier würde mir jetzt den Rest geben. Ich nutze die kleine Unterbrechung lieber, indem ich mich hinten in der Halle in meinen Sarg begebe und endlich mal wieder einen Tag durchschlafe.«
»Ist das Euer Ernst? Ich kann gern hier bleiben, wenn Ihr wollt.«
»Nein, nein. Geh und amüsier dich. Ich komme schon klar.«

»Na gut.« Ich sprang von meinem Thron und ging zur Tür.

»Darren«, rief mich Paris noch einmal zurück. »Übermäßiger Alkoholgenuss ist für junge Leute ebenso schädlich wie für alte. Wenn du klug bist, hältst du dich beim Trinken zurück.«

»Erinnert Ihr Euch, was Ihr mir vor einigen Jahren zum Thema Klugheit erklärt habt, Paris?«, gab ich zurück.

»Was denn?«

»Ihr sagtet: ›Klug wird man nur durch Erfahrung.‹« Ich zwinkerte ihm zu und verließ die Fürstenhalle. Kurz darauf teilte ich mir mit einem verdrießlichen Vampir mit orangefarbenem Stoppelhaar ein Fass Bier. Im Lauf der Nacht besserte sich Mr. Crepsleys Stimmung jedoch zusehends, und als er am späten Morgen des folgenden Tages zu seinem Sarg torkelte, sang er aus voller Kehle.

KAPITEL 5

Als ich aufwachte, wunderte ich mich, dass über mir gleich zwei Monde am Himmel standen, die zudem noch grün waren. Ächzend rieb ich mir mit dem Handrücken die Augen und schaute noch einmal hin. Dann begriff ich, dass ich auf dem Fußboden lag und zu den grünen Augen eines kichernden Harkat Mulds aufblickte.

»Hast du dich letzte Nacht gut unterhalten?«, erkundigte er sich.

»Man hat mich vergiftet«, jammerte ich und wälzte mich auf den Bauch. Ich hatte das Gefühl, auf dem Deck eines vom Sturm gebeutelten Schiffes zu liegen.

»Dann möchtest du vermutlich kein Wildschweingekröse mit ... Fledermauseintopf?«

»Sei bloß still!«, jaulte ich bei dieser Vorstellung.

»Du und die anderen ... ihr müsst die Hälfte aller Biervorräte im Berg weggepichelt haben«, bemerkte Harkat und half mir aufstehen.

»Haben wir grade ein Erdbeben?«, fragte ich, als er mich losließ.

»Nein, wieso?«, gab mein Freund verdutzt zurück.

»Weil der Boden so schwankt.«
Lachend führte mich der Kleine Kerl zu meiner Hängematte. Ich hatte direkt hinter der Tür unserer Schlafkammer auf dem Fußboden geschlafen. Ich konnte mich nur noch undeutlich daran erinnern, dass ich mehrmals versucht hatte, in meine Hängematte zu klettern, aber jedes Mal wieder herausgefallen war. »Ich bleibe lieber noch ein bisschen auf dem Boden sitzen«, sagte ich.
»Von mir aus«, feixte Harkat. »Wie wär's mit einem Schlückchen Bier?«
»Schnauze, oder es knallt«, knurrte ich.
»Magst du etwa kein Bier mehr?«
»Nein!«
»Na, so was! Du hast die ganze Zeit gesungen, wie gut es dir schmeckt: ›Bier, Bier, ich sauf wie ein Stier, ich bin ... der Fürst, der Fürst vom Bier.‹«
»Wenn du nicht endlich die Klappe hältst, lass ich dich foltern«, drohte ich.
»Schon gut, schon gut«, lenkte Harkat ein. »Gestern Nacht war der ganze Clan ... außer Rand und Band. Ein Vampir muss ganz schön bechern, bis er richtig betrunken wird ... aber die meisten haben es geschafft. Ich bin einigen auf den Gängen begegnet. Sie haben sich aufgeführt wie ...«
»Bitte«, flehte ich, »erspar mir die Beschreibung.«
Harkat musste wieder lachen. Dann zerrte er mich auf die Füße und führte mich auf den Korridor hinaus. »Wo gehen wir hin?«, fragte ich.

»In die Perta-Vin-Grahl-Halle. Ich habe mich bei Seba erkundigt, wie du deinen Kater am besten kurierst ... ich hab mir schon gedacht, dass du einen kriegen würdest ... und er meinte ... eine kalte Dusche wirkt Wunder.«

»O nein!«, winselte ich. »Nicht duschen! Hab Erbarmen!«

Doch Harkat kümmerte sich nicht um mein Geflenne und schubste mich unerbittlich unter einen der eiskalten Wasserfälle in der Perta-Vin-Grahl-Halle. Als der eisige Strahl auf mich niederprasselte, glaubte ich, mir müsse der Schädel zerplatzen, doch nach ein paar Minuten ließen die scheußlichen Kopfschmerzen tatsächlich nach, und auch mein Magen beruhigte sich wieder. Beim Abtrocknen fühlte ich mich schon hundertmal besser.

Auf dem Rückweg zur Schlafkammer kamen wir an einem grüngesichtigen Mr. Crepsley vorbei. Ich wünschte ihm einen guten Abend, doch seine Antwort bestand lediglich aus einem unartikulierten Grunzen.

»Ich verstehe nicht, was die Leute ... an Alkohol so toll finden«, sagte Harkat, als ich mich anzog.

»Hattest du denn noch nie einen Rausch?«

»Vielleicht in meinem früheren Leben, aber nicht mehr, seit ... ich ein Kleiner Kerl bin. Erstens schmeckt mir Alkohol nicht, weil ich keine Geschmacksknospen habe, und zweitens werde ich davon nicht betrunken.«

»Du hast's gut«, brummte ich missmutig.
Dann schlenderten wir zur Fürstenhalle, um nachzusehen, ob Paris meine Hilfe brauchte, doch die Halle war nahezu leer, und der alte Fürst schlummerte noch immer in seinem Sarg.
»Lass uns ein bisschen ... in den Gängen unter den Hallen herumstöbern«, schlug Harkat vor. In der ersten Zeit im Berg waren wir oft in den tiefer gelegenen Gängen auf Entdeckungsreise gegangen, doch das letzte Abenteuer dieser Art lag zwei oder drei Jahre zurück.
»Musst du denn nicht zur Arbeit?«
»Eigentlich schon, aber ...« Der Kleine Kerl runzelte die Stirn. Es dauerte einige Zeit, bis man sich an Harkats Mimik gewöhnt hatte. Wenn jemand weder Augenlider noch Nase besitzt, kann man nur schwer erkennen, ob er die Stirn runzelt oder lächelt. Inzwischen konnte ich Harkats jeweiligen Gesichtsausdruck jedoch gut deuten. »Das geht schon in Ordnung. Ich fühl mich irgendwie komisch. Ich brauche Bewegung.«
»Na gut«, willigte ich ein. »Gehen wir ein bisschen spazieren.«
Unser Ausgangspunkt war die Corza-Jarn-Halle, in der die angehenden Obervampire ihre Kampfausbildung erhielten. Ich selbst hatte viele Stunden dort zugebracht und mich im Umgang mit Schwertern, Messern, Streitäxten und Speeren geübt. Die meisten Waffen waren für Erwachsene

gedacht und zu groß und unhandlich für mich, doch eine Art Grundausbildung hatte ich trotzdem absolviert.

Der rangälteste Ausbilder war ein blinder Vampir namens Vanez Blane. Bei meinen Prüfungen war er mein Tutor gewesen. Vor langer Zeit hatte ihn der Kampf mit einem Löwen ein Auge gekostet, das zweite hatte er im Gefecht mit den Vampyren vor sechs Jahren verloren.

Als wir die Halle betraten, übte Vanez gerade mit drei jungen Obervampiren Ringkampf. Obgleich er blind war, hatte der ehemalige Wettkampfaufseher mit dem rötlich braunen Haar nichts von seiner Geschicklichkeit eingebüßt und beförderte seine drei Gegner im Handumdrehen rücklings auf den Boden. »Das war eine ziemlich schwache Leistung«, tadelte er sie. Dann, obgleich er uns den Rücken zuwandte, begrüßte er uns: »Hallo, Darren, hallo, Harkat Mulds.«

»Nacht, Vanez«, erwiderten wir. Wir waren nicht überrascht, dass er uns erkannt hatte, denn wie alle Vampire verfügte er über ein ungewöhnlich scharfes Gehör und einen überdurchschnittlich entwickelten Geruchssinn.

»Hab dich gestern singen gehört, Darren«, fuhr Vanez fort, während sich seine drei Schüler unbeholfen aufrappelten.

»O nein!«, entfuhr es mir. Ich hatte geglaubt, Harkat wollte mich bloß auf den Arm nehmen.

»Wirklich sehr aufschlussreich.« Vanez lächelte.
»Sag, dass es nicht wahr ist!«, stöhnte ich. »Bitte!«
Vanez grinste noch breiter. »Keine Sorge. Du warst nicht der Einzige, der sich gründlich zum Narren gemacht hat.«
»Bier gehört verboten«, brummelte ich.
»Das *Bier* an sich ist nicht das Problem«, konterte der blinde Vampir. »Das Problem sind die *Biertrinker*, die nicht wissen, wann sie aufhören müssen.«
Wir erzählten Vanez, dass wir vorhatten, die unteren Regionen des Berges zu erkunden, und fragten ihn, ob er mitkommen wolle. »Das hätte nicht viel Sinn«, erwiderte er. »Ich kann ja nichts sehen. Und außerdem …« Mit gedämpfter Stimme erläuterte er uns, dass die drei Obervampire, die er gerade ausbildete, bald in den Kampf geschickt würden. »Unter uns gesagt, ich habe noch nie ein so armseliges Trio ins raue Leben entlassen müssen«, vertraute er uns seufzend an. Mittlerweile wurden viele Vampire ohne lange Vorbereitung ins Feld geschickt, um die Verluste auszugleichen. Diese Vorgehensweise war innerhalb des Clans ziemlich umstritten, denn normalerweise dauerte die Ausbildung zum Obervampir mindestens zwanzig Jahre. Doch Paris hatte befunden, dass ungewöhnliche Umstände ungewöhnliche Maßnahmen erforderten.
Wir verabschiedeten uns von Vanez und stiegen in

die Lagerräume hinunter, um kurz bei Seba Nile hereinzuschauen, Mr. Crepsleys ehemaligem Mentor. Mit seinen siebenhundert Jahren war Seba der zweitälteste noch lebende Vampir. Wie sein ehemaliger Schützling war er ganz in Rot gekleidet und pflegte genau wie dieser einen etwas altmodischen Sprachstil. Aufgrund seines hohen Alters waren sein Gesicht faltig und sein Rücken gebeugt. Obendrein zog er wie Harkat das linke Bein nach – eine Wunde aus demselben Gefecht, das Vanez endgültig das Augenlicht gekostet hatte.

Der alte Quartiermeister freute sich über unseren Besuch. Als er hörte, dass wir auf Erkundungstour gehen wollten, bestand er darauf, uns zu begleiten. »Ich möchte euch etwas zeigen«, kündigte er an.

Zu dritt verließen wir die Hallen und betraten das selten benutzte Labyrinth der unteren Verbindungstunnel. Ich kratzte mich am Kopf.

»Zecken?«, fragte Seba.

»Nein. In letzter Zeit juckt mein Kopf wie verrückt. Meine Arme und Beine und die Achselhöhlen auch. Wahrscheinlich habe ich eine Allergie.«

»Allergien sind bei Vampiren ziemlich selten«, meinte Seba. »Lasst Euch mal anschauen.« Die Tunnelwände waren über und über mit Schimmerschimmel bewachsen. Seba führte mich vor ein besonders dickes Büschel und untersuchte mich. »Hmmm«, brummte er mit flüchtigem Lächeln und ließ mich wieder los.

»Was habe ich?«
»Ihr werdet erwachsen, junger Herr.«
»Und was hat das Jucken damit zu tun?«
»Das werdet Ihr schon noch sehen«, erwiderte mein Gegenüber geheimnisvoll.
Jedes Mal, wenn wir an einem Spinnennetz vorbeikamen, blieb der alte Quartiermeister stehen, denn er hatte eine ausgesprochene Vorliebe für diese achtbeinigen Räuber. Er hielt sich zwar keine Spinne als Haustier, doch er brachte viel Zeit damit zu, frei lebende Spinnen zu beobachten. Er war sogar in der Lage, sich telepathisch mit ihnen zu verständigen, eine Kunst, die auch Mr. Crepsley und ich beherrschten.
»Ah!«, rief er schließlich aus und machte vor einem großen Netz Halt. »Da sind sie ja.« Er schürzte die Lippen, pfiff leise, und gleich darauf ließ sich eine große, graue Spinne mit merkwürdigen grünen Flecken an einem Faden herunter und krabbelte auf Sebas emporgereckten Handteller.
»Wo kommt die denn auf einmal her?«, fragte ich erstaunt und ging näher heran, um besser sehen zu können. Das Tier war größer und anders gefärbt als die üblichen Bergspinnen.
»Gefällt sie Euch?«, schmunzelte der Alte. »Ich habe sie Ba'Shans-Spinnen getauft. Ich hoffe, Ihr habt nichts dagegen – der Name erschien mir einfach passend.«

»Ba'Shans-Spinnen?«, wiederholte ich verwirrt. »Aber wieso?«
Ich unterbrach mich. Vor vierzehn Jahren hatte ich Mr. Crepsley eine giftige Spinne gestohlen – Madame Octa. Acht Jahre später hatte ich ihr auf Sebas Anregung hin hier im Berg die Freiheit geschenkt, damit sie sich bei den Bergspinnen häuslich niederlassen konnte. Seither war ich ihr nicht mehr begegnet und hatte sie fast schon vergessen. Doch jetzt fiel mir alles wieder ein, und plötzlich wusste ich, was es mit der neuen Spinnenart auf sich hatte.
»Ist das etwa ein Nachkomme von Madame Octa?«
»Genauso ist es«, bestätigte Seba. »Sie hat sich mit den Ba'Halens-Spinnen gepaart. Die neu entstandene Rasse ist mir bereits vor drei Jahren aufgefallen, aber erst dieses Jahr haben sich die Tiere richtig vermehrt. Allmählich verdrängen sie die gewöhnlichen Bergspinnen. Nach meiner Einschätzung werden sie in zehn bis fünfzehn Jahren die vorherrschende Spinnenart im Berg sein.«
»Seba!«, japste ich empört. »Ich habe Madame Octa damals nur freigelassen, weil Sie mir hoch und heilig versichert haben, sie könnte keine Nachkommen haben. Sind die hier giftig?«
Der Quartiermeister zuckte die Achseln. »Schon, aber ihr Biss ist nicht so tödlich wie der ihrer Mutter. Wenn vier oder fünf von ihnen gleichzeitig

zubeißen, ist ihr Gift lebensgefährlich; einzeln sind sie jedoch harmlos.«
»Und was ist, wenn sie plötzlich alle gleichzeitig einen Rappel kriegen?«, rief ich entsetzt.
»Das wird nicht geschehen«, entgegnete Seba knapp.
»Woher wollen Sie das wissen?«
»Ich habe es mit ihnen so vereinbart. Genau wie ihre Mutter sind sie unglaublich intelligent. Ihre mentalen Fähigkeiten sind fast so ausgeprägt wie die von Ratten. Ich habe vor, sie zu dressieren.«
»Was wollen Sie den Viechern denn beibringen?«, lachte ich.
»Kämpfen«, erwiderte er düster. »Stellt Euch mal vor, wir könnten ganze Armeen von Spinnen in die Welt hinausschicken, die darauf abgerichtet sind, Vampyre aufzuspüren und zu töten.«
Hilfe suchend drehte ich mich nach Harkat um. »Sag du ihm, dass er verrückt ist. Bring ihn bitte wieder zur Vernunft.«
Harkat grinste. »Mir leuchtet ... seine Idee ein.«
»Lächerlich!«, schnaubte ich. »Ich sag's Mika. Der kann Spinnen nicht ausstehen. Bestimmt schickt er eine Truppe hier runter, um die Biester zu Brei zu zertrampeln.«
»Bitte nicht«, sagte Seba leise. »Vielleicht lassen sie sich nicht abrichten, aber ich möchte wenigstens beobachten, wie sie sich entwickeln. Ihr wür-

det mir damit eins der letzten Vergnügen rauben, die mir noch geblieben sind.«

Seufzend verdrehte ich die Augen. »Meinetwegen. Dann erzähl ich's Mika eben nicht.«

»Den anderen auch nicht«, beharrte Seba. »Sie wären gar nicht gut auf mich zu sprechen, wenn sie Wind davon bekämen.«

»Das verstehe ich nicht.«

Der Alte räusperte sich schuldbewusst. »Wegen der Zecken«, murmelte er. »Die neue Spinnenart ernährt sich von ihnen. Deshalb haben die Zecken die Flucht ergriffen und sind weiter nach oben gewandert.«

»Ach so«, sagte ich und dachte an all die Vampire, die sich wegen der Zecken Kopfhaar, Bart und sogar die Achselhöhlen rasiert hatten. Ich konnte mir ein Grinsen nicht verkneifen.

»Irgendwann haben die Spinnen die Zecken bis in den Berggipfel getrieben, und dann erledigt sich die Angelegenheit ohnehin von selbst«, fuhr Seba fort. »Aber bis es so weit ist, würde ich es vorziehen, wenn niemand die Ursache der lästigen Ungezieferplage kennt.«

Ich brach in schallendes Gelächter aus. »Wenn das jemand rauskriegt, werden Sie gehängt!«

»Ich weiß«, nickte Seba mit scherzhaft besorgter Miene.

Ich gelobte feierlich, kein Wort über die Spinnen verlauten zu lassen. Daraufhin verabschiedete sich Seba und ging zu den Hallen zurück. Der kurze Ausflug hatte ihn angestrengt. Harkat und ich streiften weiter durch die schummrigen Gänge. Je tiefer wir hinabstiegen, desto stiller wurde Harkat. Er schien sich unwohl zu fühlen, doch als ich ihn fragte, was los sei, wusste er es selbst nicht. Schließlich entdeckten wir einen Tunnel, der nach draußen führte. Vor der Öffnung in der steilen Bergflanke setzten wir uns auf den Boden und blickten in den Abendhimmel. Seit Monaten hatte ich die Nase nicht mehr nach draußen gesteckt. Es lag über zwei Jahre zurück, dass ich zuletzt unter freiem Himmel geschlafen hatte. Die frische Luft war angenehm, doch sie roch irgendwie seltsam.

»Ganz schön kalt«, bemerkte ich und rieb mir die nackten Arme.

»Ach ja?« Harkats abgestorbene, graue Haut nahm nur extreme Hitze oder Kälte wahr.

»Es muss Spätherbst oder Anfang Winter sein.« Wenn man in einem Berg wohnt, ist es schwierig, den Wechsel der Jahreszeiten mitzubekommen.

Harkat antwortete nicht. Er ließ den Blick über die Wälder und Täler zu unseren Füßen schweifen, als suchte er etwas.

Ich stand auf und schlenderte ein Stück bergab. Harkat folgte mir, doch dann überholte er mich und beschleunigte sein Tempo. »Pass auf!«, rief ich ihm nach, aber er kümmerte sich nicht darum. Schon eilte er im Laufschritt weiter und hängte mich ab. Ich begriff nicht, was er vorhatte. »Harkat!«, brüllte ich. »Du rutschst aus und brichst dir das Genick, wenn du …«

Ich blieb stehen. Er hörte mich nicht. Fluchend streifte ich die Schuhe ab, krümmte probehalber die Zehen und setzte ihm nach. Ich versuchte, mich zu bremsen, doch der Abhang war zu steil, und so schlitterte auch ich kurz darauf in einer kleinen Lawine aus Geröll und Staub den Berg hinab, während ich mir vor Aufregung und Angst fast die Lunge aus dem Leib schrie.

Wie durch ein Wunder schafften wir es beide, uns auf den Beinen zu halten und unversehrt am Fuß des Berges anzukommen. Doch Harkat rannte ohne anzuhalten weiter, bis er eine kleine, ringförmige Baumgruppe erreichte. Dort blieb er plötzlich wie versteinert stehen. Ich kam hinterhergetrabt und machte neben ihm Halt. »Was … was … sollte … das denn?«, keuchte ich.

Stumm hob Harkat die linke Hand und deutete auf die Bäume.

»Was ist da?«, fragte ich, denn außer Stämmen, Ästen und Blättern konnte ich nichts Ungewöhnliches erkennen.

»Er kommt«, zischelte Harkat.

»Wer?«

»Der Gebieter der Drachen.«

Misstrauisch musterte ich meinen Freund. Er schien wach zu sein, aber vielleicht war er ja unterwegs eingenickt und schlafwandelte bloß. »Geh lieber wieder rein«, sagte ich und ergriff vorsichtig seinen ausgestreckten Arm. »Wir machen uns ein schönes Feuerchen, und dann …«

»Hallo, Jungs!«, ertönte eine Stimme aus dem Gehölz. »Seid ihr das Begrüßungskomitee?«

Ich ließ Harkats Arm los, erstarrte genau wie er und versuchte, das Dickicht vor mir mit meinem Blick zu durchdringen. Ich kannte diese Stimme – doch ich hoffte inbrünstig, dass ich mich irrte!

Dann traten drei Gestalten aus dem schattigen Dunkel. Zwei davon waren Kleine Leute. Sie sahen Harkat zum Verwechseln ähnlich, abgesehen davon, dass sie die Kapuzen tief ins Gesicht gezogen hatten und sich mit einer Unbeholfenheit bewegten, die mein Freund im Laufe seines Aufenthalts bei den Vampiren allmählich überwunden hatte. Der Dritte war ein kleiner, lächelnder, weißhaariger Mann, der mir mehr Angst einflößte als eine ganze Horde mordlustiger Vampyre.

Meister Schick!

Nach über sechshundert Jahren war Salvatore Schick zum Vampirberg zurückgekehrt. Als er nun auf uns zuschritt und vor Zufriedenheit über das ganze Gesicht strahlte wie der Rattenfänger von Hameln persönlich, zweifelte ich keine Sekunde daran, dass sein Kommen nichts Gutes zu bedeuten hatte.

KAPITEL 6

Meister Schick blieb direkt vor uns stehen. Der kleine, dickliche Mann trug einen abgewetzten gelben Anzug, keinen Mantel über dem dünnen Jackett, dafür aber albern aussehende grüne Gummistiefel und eine dicke Brille. Die herzförmige Uhr, die er stets mit sich führte, baumelte an einer Kette auf seiner Brust. Es ging das Gerücht, Meister Schick sei ein Handlanger des Schicksals. Sein Vorname war Salvatore. Nahm man die Kurzform »Sal« und drehte die Reihenfolge der beiden Namen um, kam *Meister Schicksal* dabei heraus.

»Groß bist du geworden, junger Freund«, stellte er fest und musterte mich dabei von Kopf bis Fuß. »Und du, Harkat ...« Er lächelte den Kleinen Kerl an, dessen grüne Augen noch größer und runder wirkten als sonst. »*Du* bist tatsächlich kaum wieder zu erkennen. Trägst keine Kapuze mehr, arbeitest für die Vampire – und sprichst!«

»Sie haben gewusst ... dass ich sprechen ... kann«, nuschelte Harkat und verfiel auf einmal wieder in seine alte, abgerissene Sprechweise. »Sie haben es ... immer gewusst.«

Meister Schick nickte, dann wandte er sich zum Gehen. »Genug geplaudert, Jungs. Ich habe noch eine Menge zu tun und muss mich beeilen. Die Zeit drängt. Morgen soll es auf einer kleinen Tropeninsel einen Vulkanausbruch geben. Jeder, der sich im Umkreis von zehn Kilometern aufhält, verbrutzelt bei lebendigem Leibe. Dieses Schauspiel möchte ich mir nicht entgehen lassen – das wird bestimmt ein Heidenspaß.«

Er meinte es ernst. Das war genau der Grund, weshalb sich alle so vor ihm fürchteten: Er amüsierte sich köstlich angesichts von Tragödien, die jeden halbwegs mitfühlenden Zuschauer zutiefst erschütterten.

Gefolgt von den beiden Kleinen Leuten, erklommen wir hinter dem unheimlichen Besucher den Berg. Harkat drehte sich oft nach seinen »Brüdern« um. Ich nahm an, dass er sich stumm mit ihnen unterhielt (die Kleinen Leute können sich untereinander mittels Gedankenübertragung verständigen), doch mir gegenüber schwieg er sich darüber aus.

Meister Schick benutzte einen anderen Einstieg als jenen Tunnel, durch den wir den Berg verlassen hatten. Diesen Gang kannte ich noch nicht; er war höher, breiter und trockener als die meisten anderen. Wegbiegungen oder Abzweigungen gab es nicht. Der Tunnel führte immer geradeaus und stieg stetig an. Meister Schick ertappte mich dabei, wie ich forschend die Wände musterte. »Das ist eine meiner Abkürzungen«, erläuterte er. »Ich habe überall auf der Welt meine Abkürzungen, auch an Orten, auf die du nie kommen würdest. Spart Zeit.«

Unterwegs kamen wir immer wieder an Grüppchen unnatürlich bleicher, in Lumpen gehüllter Gestalten vorbei. Sie säumten die Tunnelwände zu beiden Seiten und verneigten sich tief, wenn Meister Schick vorüberschritt. Es waren die so genannten Hüter des Blutes – eine sonderbare Sippe, die im Vampirberg hauste und den Vampiren ihr Blut zur Verfügung stellte. Als Gegenleistung war es ihnen gestattet, verstorbenen Vampiren die Organe inklusive des Gehirns zu entnehmen und bei besonderen Anlässen als Festmahl zu verspeisen.

Es war mir unheimlich, so zwischen den Hütern hindurchzugehen, denn ich hatte noch nie so viele von ihnen auf einmal gesehen. Meister Schick winkte ihnen zwar lächelnd zu, blieb aber nicht stehen, um das Wort an sie zu richten.

Schon nach einer Viertelstunde hatten wir das offizielle Tor zu den Hallen der Vampire erreicht. Als wir klopften, riss der Dienst habende Wachposten die Pforte weit auf, hielt aber inne, sobald er Meister Schick sah, und schloss die Türflügel wieder zur Hälfte. »Wer seid Ihr?«, blaffte er misstrauisch und griff nach dem Schwert an seinem Gürtel.

»Du weißt genau, wer ich bin, Perlat Cheil«, erwiderte Meister Schick und ging einfach an ihm vorbei.
»Woher wisst Ihr, wie ich …«, setzte der Verblüffte an. Dann brach er ab und blickte dem kleinen Mann nach. Plötzlich zitterte er, und seine Hand rutschte schlaff vom Schwertknauf. »Träum ich, oder ist er das wirklich?«, fragte er leise, als nun auch Harkat, die Kleinen Leute und ich eintraten.
»Du träumst nicht«, bestätigte ich.
»Bei Charnas Eingeweiden!«, keuchte Perlat Cheil und führte den Todesgruß aus, indem er den Mittelfinger der rechten Hand an die Stirn legte und die beiden benachbarten Finger auf seine geschlossenen Augenlider drückte. Diese Geste machen Vampire, wenn sie ihren eigenen Tod oder den eines anderen nahe glauben.
Wir marschierten durch die Gänge, und überall verstummten bei unserem Anblick Unterhaltungen, blieben Münder offen stehen. Sogar jene Vampire, die Meister Schick noch nie persönlich begegnet waren, erkannten ihn sofort, unterbrachen ihre jeweilige Tätigkeit und schlossen sich uns schweigend an wie bei einem Leichenzug.
Zur Fürstenhalle führte nur ein einziger Gang, der von den fähigsten Wachen des ganzen Berges aufs Schärfste bewacht wurde. (Sechs Jahre zuvor hatte ich zwar noch einen zweiten Zugang entdeckt, doch der war damals versperrt worden.) Diese

Wachposten hatten strikten Befehl, jeden, der Einlass in die Halle begehrte, anzuhalten und gründlich zu durchsuchen. Doch als Meister Schick näher kam, starrten sie ihn bloß ungläubig an, ließen die Waffen sinken und gewährten ihm und dem Rest der Prozession ungehindert Einlass.
Erst unmittelbar vor den Türen der Fürstenhalle blieb Meister Schick stehen und ließ den Blick an dem Kuppelgewölbe emporwandern, das er vor sechshundert Jahren hatte errichten lassen. »Hat prima gehalten, was?«, bemerkte er, ohne jemanden direkt anzusprechen. Dann legte der kleine Mann die Hand auf einen der Türflügel, die Tür öffnete sich, und er trat ein. Eigentlich konnten ausschließlich Vampirfürsten diese Türen bedienen, doch es überraschte mich nicht, dass auch Meister Schick diese Fähigkeit besaß.
Mika und Paris diskutierten gerade mit einer aufgeregt durcheinander redenden Schar Obervampire die zukünftige Strategie im Krieg der Narben. Die meisten waren erschöpft oder sogar verwundet, doch als sie Meister Schick erblickten, waren alle plötzlich wieder hellwach.
»Bei den Zähnen der Götter!«, keuchte Paris und wurde weiß wie ein Laken. Als der Besucher den Fuß auf das Podium setzte, duckte sich der betagte Fürst unwillkürlich, fasste sich jedoch gleich wieder und zwang sich zu einem Lächeln. »Salvatore!«, sagte er. »Schön, dich zu sehen.«

»Ganz meinerseits, Paris«, erwiderte Meister Schick herzlich.
»Welchem Umstand verdanken wir dieses unerwartete Vergnügen?«, fuhr Paris mit angestrengter Höflichkeit fort.
»Das werde ich dir gleich verraten«, entgegnete Meister Schick. Dann ließ er sich auf den nächstbesten Thronsessel plumpsen (das war *meiner!*), schlug die Beine übereinander und machte es sich bequem. »Hol die ganze Bande rein«, befahl er Mika mit gekrümmtem Zeigefinger. »Was ich zu sagen habe, ist für alle Ohren bestimmt.«
Kurz darauf hatten sich praktisch alle im Berg anwesenden Vampire in der Halle eingefunden. Eingeschüchtert drängten sie sich an den gewölbten Hallenwänden, möglichst weit entfernt von Meister Schick, und warteten ab, was ihnen der dämonische Besucher zu verkünden hatte.
Dieser hatte währenddessen ausführlich seine Fingernägel inspiziert und an seinem Jackett blank poliert. Die beiden Kleinen Leute hatten sich hinter dem Thronsessel aufgebaut. Harkat stand ein Stück weiter links. Er wirkte unsicher. Ich merkte ihm an, dass er nicht recht wusste, wo sein Platz war: bei seinen Artgenossen, den Kleinen Leuten, oder bei seinen Wahlverwandten, den Vampiren.
»Sind alle so weit?«, fragte Meister Schick, bevor er sich erhob und an den Rand des Podiums

watschelte. »Dann komme ich gleich zur Sache. Der Lord der Vampyre ist inzwischen angezapft.« Er machte eine Pause, um seinem Publikum Gelegenheit zu geben, nach Luft zu schnappen, aufzustöhnen und in Entsetzensschreie auszubrechen. Doch wir waren alle so entgeistert, dass wir ihn nur stumm anstarrten. »Vor sechshundert Jahren«, fuhr er schließlich fort, »prophezeite ich euren Vorfahren, dass der Lord die Vampyre in einen schrecklichen Krieg gegen euch führen und euer ganzes Geschlecht auslöschen würde. Das war die Wahrheit – doch nicht die einzige Wahrheit. Die Zukunft ist stets vorhersehbar und unvorhersehbar zugleich. Es gibt nur ein ›es wird geschehen‹, aber oftmals hundert ›es kann geschehen‹. Soll heißen: Der Vampyrlord und seine Anhänger *können* besiegt werden.«
Die Anwesenden hielten vor Spannung die Luft an, und man spürte förmlich, wie mit einem Mal in jedem Vampir Hoffnung aufstieg und alle wie eine Nebelwolke einhüllte.
»Noch ist der Lord nur ein Halbvampyr«, führte Meister Schick weiter aus. »Das bedeutet, wenn ihr ihn findet und tötet, bevor er vollständig angezapft ist, gehört der Sieg euch.«
Bei diesen Worten brachen die Zuhörer in lautes Freudengeschrei aus, und plötzlich schlugen überall im Saal Vampire einander jubelnd auf die Schultern. Nur einige wenige fielen nicht in das

Schreien und Johlen ein. Denjenigen, die bereits eigene Erfahrungen mit Meister Schick gemacht hatten – das waren Paris, Mr. Crepsley und ich –, schwante nämlich, dass er noch nicht zu Ende gesprochen und die Sache einen Haken hatte. Es sah Salvatore Schick gar nicht ähnlich, bei der Überbringung einer guten Nachricht derartig übers ganze Gesicht zu strahlen – das tat er nur, wenn Leid und Elend nicht fern waren.

Als sich das Publikum wieder beruhigt hatte, hob der kleine Mann die rechte Hand. Mit der Linken umklammerte er seine herzförmige Uhr. Diese glomm dunkelrot auf, und auf einmal nahm auch seine rechte Hand diese Farbe an. Alle Blicke waren auf die fünf hochgereckten, unheilvoll glühenden Finger gerichtet, und es wurde totenstill.

Auch auf Meister Schicks Gesicht lag ein rötlicher Widerschein. »Als der Lord der Vampyre vor sieben Jahren gefunden wurde«, fuhr er fort, »habe ich mich mit den Fäden beschäftigt, welche Gegenwart und Zukunft verknüpfen, und herausgefunden, dass sich euch insgesamt fünf Gelegenheiten bieten, den Lauf des Schicksals zu beeinflussen. Eine davon habt ihr bereits ungenutzt verstreichen lassen.«

Der rote Schimmer wich von seinem Daumen, und er klappte ihn ein. »Diese Gelegenheit war Kurda Smahlt.« Kurda war jener Vampir, der seinerzeit den Überfall der Vampyre angeführt hatte, um den Stein des Blutes an sich zu bringen. »Wäre Kurdas Plan gelungen, wären die meisten Vampire zu den Vampyren übergelaufen, und der Krieg der Narben, wie ihr ihn nennt, hätte vermieden werden können.

Doch ihr habt Kurda umgebracht und damit eure Erfolg versprechendste Überlebenschance verschenkt.« Er schüttelte mit theatralischer Missbilligung den Kopf. »Das war wirklich dumm von euch.«

»Kurda Smahlt war ein Verräter«, knurrte Mika. »Verrat zieht nie etwas Gutes nach sich. Lieber sterbe ich ehrenvoll, als mein Leben einem Überläufer zu verdanken.«

»Du bist tatsächlich ein Dummkopf«, gluckste Meister Schick belustigt. Dann wackelte er mit dem glühenden kleinen Finger: »Der hier steht für eure letzte Chance, für den Fall, dass ihr alle anderen verpasst habt. Aber das wird noch eine ganze Weile dauern, also lassen wir ihn erst einmal außer Acht.« Er knickte ihn ein, so dass nur noch die drei mittleren Finger übrig blieben.

»Und damit wären wir beim eigentlichen Grund meines Besuches angelangt: Ohne mein Eingreifen würdet ihr auch diese drei Gelegenheiten unbemerkt an euch vorüberziehen lassen. Ihr würdet einfach weitermachen wie bisher, die Gelegenheiten würden kommen und gehen, und

bevor ihr es richtig mitgekriegt habt ...« Er machte mit den Lippen ein leises Knallgeräusch.
»Innerhalb der nächsten zwölf Monate«, sagte er leise, aber überaus deutlich, »könnte es zu drei Begegnungen zwischen bestimmten Vampiren und dem Vampyrlord kommen – *wenn* ihr meinen Rat befolgt. Dreimal wird er euch auf Gnade oder Ungnade ausgeliefert sein. Wenn ihr eine dieser drei Gelegenheiten beim Schopf packt und ihn tötet, habt ihr den Krieg gewonnen. Wenn nicht, kommt es zu einer letzten, alles entscheidenden Konfrontation, von der das Leben sämtlicher auf dieser Welt noch existierenden Vampire abhängt.« Er machte eine kleine Kunstpause. »Wenn ich ehrlich sein soll, hoffe ich, dass Letzteres eintritt – ich schwärme nun mal für dramatische Schlussakte!«
Damit wandte er dem Publikum den Rücken zu, und einer seiner Kleinen Leute reichte ihm ein Fläschchen, aus dem er einen kräftigen Schluck nahm. Derweil machte sich der Unmut der Anwesenden in ärgerlichem Getuschel Luft. Als sich Meister Schick wieder umwandte, sah er sich Paris Skyle gegenüber. »Es war wirklich sehr großmütig von dir, uns zu informieren, Salvatore«, sagte der weißhaarige Fürst. »Ich möchte dir im Namen aller Anwesenden meinen Dank aussprechen.«
»Keine Ursache«, winkte Meister Schick ab. Seine Finger hatten wieder ihre normale Farbe ange-

nommen, die Uhr baumelte lose an der Kette, seine Hände ruhten locker im Schoß.

»Könntest du uns in deinem Großmut vielleicht auch noch verraten, *welchen* Vampiren eine Begegnung mit dem Lord bevorsteht?«, sprach Paris weiter.

»Mit Vergnügen«, erwiderte Meister Schick selbstgefällig. »Doch damit wir uns nicht missverstehen: Diese Begegnungen können nur stattfinden, wenn sich die betreffenden Vampire freiwillig dazu bereit erklären, sich auf die Suche nach dem Lord zu begeben. Jene drei, die ich euch gleich nennen werde, dürfen diese Mission, von der das Wohl und Wehe eures ganzen Clans abhängt, selbstverständlich auch zurückweisen. Doch wenn sie das tun, seid ihr verloren, denn diese drei sind eure einzige Hoffnung, das Schicksal zu euren Gunsten zu wenden.«

Er ließ den Blick langsam durch die Halle wandern und sah jedem einzelnen Vampir forschend in die Augen, suchte nach Anzeichen von Feigheit oder Furcht. Doch angesichts der lebensgefährlichen Unternehmung wandte niemand verzagt den Blick ab. »Also gut«, grunzte er. »Einer der drei ist im Moment nicht anwesend, den lasse ich aus. Wenn sich die anderen beiden zur Höhle von Lady Evanna aufmachen, werden sie ihm vermutlich unterwegs begegnen. Falls nicht, entgeht ihm die Gelegenheit, bei der Gestaltung eurer Zukunft eine aktive Rolle zu spielen, und die ganze Bürde ruht allein auf den Schultern der beiden anderen.«

»Und die wären …?« Paris konnte sich nicht länger beherrschen.

Meister Schick richtete den Blick auf mich. Mein Magen zog sich vor Angst zusammen, und ich wusste, was er sagen würde. »Die beiden Auserwählten sind Larten Crepsley und sein Gehilfe Darren Shan«, verkündete Meister Schick, und als sich nun alle Blicke auf uns richteten, hatte ich das Gefühl, als legte sich ein unsichtbarer Schalter um – mein ruhiges Leben in der sicheren Festung der Vampire war zu Ende.

KAPITEL 7

Auf die Idee, den verantwortungsvollen Auftrag einfach abzulehnen, kam ich erst gar nicht. Nach sechs Jahren unter Vampiren hatte ich mir deren Anschauungen und Wertvorstellungen längst zu Eigen gemacht. Ausnahmslos jeder Vampir war bereit, zugunsten des gesamten Clans sein eigenes Leben aufs Spiel zu setzen. Meine Aufgabe war allerdings komplizierter: Es genügte nicht, für den Clan zu sterben, denn ich hatte einen ganz bestimmten Auftrag zu erfüllen, und wenn ich scheiterte, mussten alle anderen die Konsequenzen tragen. Doch im Prinzip war es dasselbe: Die Wahl war nun einmal auf mich gefallen – und einer solchen Entscheidung beugt sich jeder Vampir.

Es folgte eine kurze Diskussion, in deren Verlauf Paris meinem ehemaligen Meister und mir erklärte, dass es sich nicht um eine offizielle Verpflichtung handle und wir daher auch nicht zuzustimmen brauchten, sie stellvertretend für den ganzen Clan zu übernehmen. Niemand werde uns einen Vorwurf daraus machen, wenn wir uns weigerten,

Meister Schicks Ratschlag Folge zu leisten. Doch als der greise Fürst seine Ausführungen beendet hatte, trat Mr. Crepsley in seinem wallenden roten Umhang entschlossen vor und verkündete energisch: »Es wird mir ein Vergnügen sein, die Verfolgung des Vampyrlords aufzunehmen.«

Ich trat neben ihn (wobei ich insgeheim bereute, nicht auch meinen prächtigen blauen Umhang angelegt zu haben) und gab mir Mühe, genauso tapfer zu klingen: »Mir auch.«

»Der Junge macht's kurz«, murmelte Meister Schick anerkennend und zwinkerte Harkat zu.

»Und was ist mit uns?«, meldete sich Mika zu Wort. »Ich habe fünf Jahre damit zugebracht, diesen verfluchten Lord aufzuspüren. Ich möchte auch mitkommen.«

»Jawohl! Ich auch!«, rief ein Obervampir aus dem Publikum, und schon brüllten alle auf Meister Schick ein, er möge ihnen gestatten, an der Verfolgungsjagd teilzunehmen.

Doch der kleine Mann schüttelte den Kopf. »Es dürfen nur drei Verfolger sein – keiner mehr, keiner weniger. Höchstens Nichtvampire dürfen sich den dreien anschließen. Doch wenn andere Vampire sie begleiten, ist ihr Scheitern vorprogrammiert.«

Protestrufe ertönten.

»Wieso sollen wir Euch eigentlich Glauben schenken?«, blaffte Mika schließlich. »Ist doch logisch, dass zehn Leute mehr Aussicht auf Erfolg haben als drei, und zwanzig mehr als zehn, und dreißig ...«

Meister Schick schnippte mit den Fingern. Ein lautes Knacken ertönte, und plötzlich rieselte Staub auf unsere Köpfe. Als ich hochblickte, entdeckte ich lange, gezackte Risse in der Kuppeldecke der Fürstenhalle. Auch einige andere Vampire sahen sie und schrien erschrocken auf.

»Wagst du Grünschnabel mit deinen noch nicht einmal dreihundert Jahren es wirklich, mir, der ich die Zeit an der Verschiebung der Kontinente messe, etwas über das Walten des Schicksals zu erzählen?«, fragte Meister Schick drohend. Wieder schnippte er mit den Fingern, und die Risse wurden breiter. Kleine Stücke des Baumaterials bröckelten ab und fielen herunter. »Tausend Vampire gleichzeitig können den Wänden dieser Halle nichts anhaben. Bei mir genügt ein Fingerschnippen, und das ganze Gewölbe stürzt ein.« Abermals hob er die Hand.

»Nein!«, schrie Mika. »Es tut mir Leid! Ich wollte Euch nicht beleidigen!«

Meister Schick senkte die Hand wieder. »Denk dran, bevor du mich noch einmal so in Rage bringst, Mika Ver Leth«, knurrte er. Dann nickte er den Kleinen Leuten zu, und die beiden verließen den Raum. »Sie reparieren die Decke, bevor wir wieder abreisen«, erläuterte er den Versammelten. »Aber das nächste Mal, wenn mich jemand ärgert, lege ich diese Halle in Schutt und Asche und überlasse euch und euren kostbaren Stein des Blutes auf Gedeih und Verderb den Vampyren.«

Er pustete den Staub von seiner herzförmigen Uhr und grinste das Publikum wieder breit an, als sei nichts vorgefallen. »Dann sind wir uns also einig, dass nur drei Verfolger infrage kommen?«

»Drei«, bestätigte Paris.

»Drei«, echote Mika dumpf.

»Wie ich bereits erwähnte, dürfen – nein *müssen* – Nichtvampire an dem Unternehmen mitwirken; aber ein Jahr lang darf kein Vampir Kontakt mit den dreien aufnehmen, es sei denn aus Gründen, die nichts mit der Suche nach dem Lord zu tun haben. Die drei müssen sich ganz allein bewähren und ganz allein siegen oder scheitern.«

Mit diesem Schlusswort beendete er die Versammlung und entließ Paris und Mika mit einer herrischen Handbewegung. Schließlich lehnte er sich in meinem Thronsessel gemütlich zurück und winkte Mr. Crepsley und mich zu sich heran. Im Verlauf der nun folgenden Unterredung schleuderte er einen seiner Gummistiefel vom Fuß. Er trug keine Strümpfe, und ich stellte entsetzt fest, dass er keine Zehen besaß. Sein Fuß endete in Schwimmhäuten, aus denen wie bei einer Katzenpfote sechs kleine Krallen ragten.

»Na, ist dir mulmig, Mr. Shan?«, fragte er mit boshaft glitzernden Augen.

»Ja«, erwiderte ich offen. »Aber ich bin auch stolz darauf, dass ich mich nützlich machen kann.«

»Und was ist, wenn du gar nicht nützlich bist?«, spottete er. »Was ist, wenn du versagst und damit das Vampirgeschlecht zum Untergang verdammst?«

Ich zuckte die Achseln. »Wie's kommt, so nehmen wir's«, wiederholte ich eine Redensart, die bei den Geschöpfen der Nacht gebräuchlich war.

Meister Schicks Lächeln erlosch. »Du hast mir besser gefallen, als du noch nicht so gerissen warst«, murrte er, dann wandte er sich Mr. Crepsley zu. »Und was ist mit dir? Angst vor der Verantwortung?«

»Ja.«

»Glaubst du etwa, du brichst unter ihrer Last zusammen?«

»Schon möglich«, erwiderte der Vampir gleichmütig.

Der dickliche Mann verzog das Gesicht. »Mit euch beiden macht es wirklich keinen Spaß. Euch kann man ja überhaupt nicht aus der Fassung bringen. Harkat!«, bellte er. Der Kleine Kerl trat hastig vor. »Was hältst du von dem Ganzen? Ist dir das Schicksal der Vampire wichtig?«

»O ja«, gab Harkat zurück.

»Liegt dir wirklich etwas an ihnen?« Der Kleine Kerl nickte. »Hmmm.« Meister Schick rieb seine Uhr, die daraufhin kurz aufglühte, streckte die Hand aus und berührte Harkats linke Schläfe. Harkat rang nach Luft und fiel auf die Knie. »Du hast oft Albträume«, stellte Meister Schick fest, ohne die Hand wegzuziehen.

»Ja!«, ächzte der Kleine Kerl.

»Willst du, dass sie aufhören?«

»Ja.«

Der kleine Mann zog die Hand zurück. Harkat schrie vor Schmerz auf und erhob sich mit zusammengebissenen Zähnen. Kleine, grüne Tränen tropften ihm aus den Augen.

»Es ist an der Zeit, dass du die Wahrheit über deine Herkunft erfährst«, sagte sein Herr. »Wenn du mit mir kommst, enthülle ich sie dir, und deine Albträume verschwinden auf der Stelle. Wenn du mein Angebot ablehnst, werden sie noch schlimmer, und spätestens in einem Jahr bist du ein nervliches Wrack.«

Bei diesen Worten überlief den Kleinen Kerl ein Beben, doch er rührte sich nicht. »Wenn ich abwarte ...«, erkundigte er sich stockend, »bekomme ich dann ... noch eine zweite Chance ... etwas über mich ... herauszufinden?«

»Das schon«, bestätigte Meister Schick, »aber bis dahin musst du noch viel leiden, und ich kann für nichts garantieren. Wenn du stirbst, bevor du herausgefunden hast, wer du in Wirklichkeit bist, ist deine Seele auf immer verloren.«

Hin- und hergerissen runzelte Harkat die Stirn. »Manchmal habe ich so ein Gefühl«, murmelte er. »Dann höre ich da drin ...«, er zeigte auf die linke Seite seiner Brust, »... eine Stimme. Jetzt sagt sie mir, dass ich Darren ... und Larten begleiten soll.«

»Wenn du dich wirklich so entscheidest, verbesserst du ihre Chancen, den Vampyrlord unschädlich zu machen, erheblich«, nickte Meister Schick. »Deine Teilnahme an der Unternehmung ist nicht unbedingt erforderlich, aber du könntest noch eine wichtige Rolle dabei spielen.«

»Harkat«, mischte ich mich ein. »Du bist uns nichts schuldig. Du hast mir schon zweimal das Leben gerettet. Folge Meister Schick und finde die Wahrheit über dein früheres Leben heraus.«

Wieder zog mein Freund angestrengt die Stirn kraus. »Ich glaube, wenn ich ... euch allein gehen lasse ... um etwas über meine ... Herkunft herauszufinden, würde derjenige ... der ich mal war ... das nicht gut finden.« Der Kleine Kerl grübelte noch einen Augenblick, dann baute er sich entschlossen vor seinem Herrn auf: »Ich begleite die beiden. Ob es nun ... richtig oder falsch ist, ich fühle ... dass mein Platz jetzt bei den Vampiren ist. Alles andere kann warten.«

»Nun denn«, erwiderte Meister Schick naserümpfend. »Solltest du am Leben bleiben, werden sich unsere Wege gewiss wieder einmal kreuzen. Wenn nicht ...« Er lächelte nicht mehr.

»Zurück zu unserer Suche nach dem Lord«, wechselte Mr. Crepsley das Thema. »Du hast vorhin Lady Evanna erwähnt. Ist sie unsere erste Anlaufstelle?«

»Ganz wie es euch beliebt«, wich sein Gegenüber aus. »Ich kann und will euch keine Vorschriften machen, aber *ich* an eurer Stelle würde die Suche in der Tat von dort aus aufnehmen. Anschließend folgt ihr am besten eurem Herzen. Vergesst euren Auftrag und wendet euch einfach in die Richtung, in die es euch zieht. Das Schicksal wird euch leiten.«

Das war das Ende unserer Unterredung. Ohne sich zu verabschieden, schnappte sich Meister Schick seine beiden Kleinen Leute (sie hatten die Reparatur der Hallendecke unterdessen abgeschlossen) und verschwand. Offensichtlich wollte er den bereits erwähnten schrecklichen Vulkanausbruch am folgenden Tag auf keinen Fall verpassen.

In dieser Nacht herrschte großer Aufruhr im Berg der Vampire. Meister Schicks Besuch und seine neueste Prophezeiung wurden aus jedem nur denkbaren Blickwinkel beleuchtet und besprochen. Die Vampire kamen einhellig zu dem Schluss, dass sie meinen Mentor und mich allein gehen lassen mussten, damit wir dem Dritten in unserem Bunde begegneten, wer immer das sein mochte. Sie waren jedoch geteilter Meinung darüber, was sie selbst als Nächstes tun sollten. Manche wollten den Krieg gegen die Vampyre sofort beenden. Sie fanden, da das Schicksal des Clans von nun an in den Händen von drei Einzelpersonen lag, habe er seinen Sinn verloren. Doch die meisten widersprachen und fanden es unsinnig, die Kampfhandlungen einfach so einzustellen.

Kurz vor Tagesanbruch folgten Harkat und ich Mr. Crepsley aus der Halle und überließen die immer noch diskutierenden Fürsten und Obervampire sich selbst mit der Begründung, wir müssten uns vor dem Aufbruch noch einmal einen Tag richtig ausschlafen. Das Einschlafen fiel mir schwer, denn Meister Schicks Worte gingen mir immer noch durch den Kopf, doch schließlich döste ich ein.

Etwa drei Stunden vor Sonnenuntergang standen wir wieder auf, aßen etwas und packten unsere wenige Habe zusammen. Ich beschränkte mich auf eine Garnitur Kleidung zum Wechseln, ein paar Flaschen Blut und mein Tagebuch. Wir verabschiedeten uns ausführlich von Vanez und Seba (der alte Quartiermeister war besonders traurig, dass wir gehen mussten), dann eilten wir zur Hallenpforte, wo uns Paris Skyle bereits erwartete. Der alte Fürst teilte uns mit, Mika werde im Berg bleiben und ihm bei der allnächtlichen Koordination der Truppenbewegungen zur Seite stehen. Als ich Paris die Hand schüttelte, fand ich, dass er sehr elend aussah, und ich ahnte, dass ihm nicht mehr viele Jahre blieben – sollte unsere Suche nach dem Lord länger dauern, war es vielleicht das letzte Mal, dass wir ihn sahen.

»Ich werde Euch vermissen, Paris«, sagte ich und umarmte ihn herzlich.

»Ich dich auch, junger Fürst«, erwiderte er, drückte mich ebenfalls und zischte mir ins Ohr: »Finde und töte ihn, Darren. Ich spüre eine Eiseskälte in den Knochen, und das liegt nicht an meinem hohen Alter. Meister Schick spricht die Wahrheit: Ist der Lord der Vampyre erst einmal an der Macht, so ist unser Untergang besiegelt.«

»Ich werde ihn finden«, schwor ich und sah dem ehrwürdigen Greis dabei fest in die Augen. »Und sollte ich dabei ums Leben kommen, dann sterbe ich wenigstens für eine gute Sache.«

»So möge das Vampirglück dir hold sein.«

Ich gesellte mich zu meinen Reisegefährten. Dann entboten wir jenen, die sich eingefunden hatten, um uns Lebewohl zu sagen, einen Abschiedsgruß und betraten das Tunnellabyrinth. Wir schritten kräftig aus, und schon nach zwei Stunden standen wir draußen, unter einem sternklaren Nachthimmel.

Die Jagd auf den Lord der Vampyre hatte begonnen!

KAPITEL 8

Es war herrlich, wieder unterwegs zu sein. Mochte unsere Mission uns auch geradewegs ins Verderben führen und ihr Misslingen für unsere zurückbleibenden Kameraden unermessliches Leid bedeuten – darüber konnten wir uns später den Kopf zerbrechen. In den ersten Wochen unserer Wanderung genoss ich es einfach nur, meine Beine wieder richtig zu gebrauchen, meine Lungen mit frischer Luft zu füllen und nicht mehr mit Dutzenden verschwitzter, müffelnder Vampire in einem feuchten Berg zusammengepfercht zu sein.

Wir wählten einen Pfad, der mitten durchs Gebirge führte. Ich war glänzender Laune. Harkat dagegen schwieg die meiste Zeit und brütete noch immer über Meister Schicks Äußerung. Mr. Crepsley wiederum wirkte so griesgrämig wie immer, doch das war bloß Fassade. Ich wusste, dass er sich insgeheim genauso darüber freute, wieder im Freien zu sein, wie ich.

Wir schlugen ein zügiges Tempo an und bewältigten Nacht für Nacht eine beträchtliche Anzahl

Kilometer. Bei Tag legten wir uns unter Bäumen und Büschen oder in Höhlen schlafen. Bei unserem Aufbruch war es bitterkalt, doch je weiter wir uns vom Vampirberg entfernten, desto milder wurde es. Als wir schließlich die Ebene erreicht hatten, fanden wir das Klima recht erträglich.
Das in Flaschen abgefüllte Blut hoben wir uns für den Notfall auf und labten uns stattdessen an wilden Tieren. Ich war schon lange nicht mehr jagen gegangen und ziemlich aus der Übung, doch schon bald hatte ich meine alte Geschicklichkeit wiedererlangt.
»Das ist ein Leben, was?«, sagte ich eines Morgens aus tiefstem Herzen. Wir saßen gerade bei einer Mahlzeit aus gebratenem Wildbret. Meistens vermieden wir es, ein Feuer zu entfachen, und verzehrten das Fleisch roh – doch dann und wann machten wir es uns doch um ein paar glimmende Holzscheite gemütlich.
»Da hast du Recht«, stimmte mir Mr. Crepsley zu.
»Von mir aus könnte es ewig so weitergehen.«
Der Vampir schmunzelte. »Offenbar hast du es nicht eilig, in den Berg zurückzukehren.«
Ich verzog das Gesicht. »Natürlich ist es eine große Ehre, Vampirfürst zu sein, aber besonders lustig ist es nicht.«
»Du hattest aber auch einen denkbar schlechten Start«, wandte mein ehemaliger Meister ein.

»Wäre nicht plötzlich der Krieg ausgebrochen, hättest du reichlich Gelegenheit zu Abenteuern gehabt. Die meisten Vampirfürsten gehen jahrelang auf Wanderschaft, bevor sie in die Fürstenhalle zurückkehren und ihr hohes Amt antreten. Du hast einfach den falschen Zeitpunkt erwischt.«

»Na ja, ich will mich nicht beklagen«, seufzte ich zufrieden. »Jetzt bin ich ja endlich wieder frei.«

Harkat stocherte in der Glut und rückte näher an uns heran. Seit unserer Abreise hatte er nicht viel gesagt, doch jetzt zog er den Mundschutz herunter. »Ich mag den Vampirberg. Ich fühle mich dort zu Hause. Ich habe mich noch nirgendwo so wohl gefühlt, noch nicht mal damals ... im Cirque Du Freak. Wenn das hier vorbei ist und ... ich die Wahl habe, gehe ich zurück.«

»In deinen Adern muss ein Schuss Vampirblut fließen«, meinte Mr. Crepsley. Es sollte ein Scherz sein, doch Harkat nahm die Bemerkung ernst.

»Das kann schon sein«, erwiderte er nachdenklich. »Ich frage mich oft, ob ich ... in meinem früheren Leben vielleicht ein Vampir war. Das würde erklären, warum Meister Schick gerade mich zu eurem Schutz mit zum Vampirberg sandte ... und warum ich mich dort so heimisch fühle. Es könnte auch ... die Pfähle in meinen Träumen erklären.«

In Harkats Albträumen kamen oft Pfähle vor. Der Boden gab unter seinen Füßen nach, und er purzelte in eine mit Pfählen gespickte Grube, oder aber er wurde von schattenhaften Gestalten verfolgt, die mit Pfählen bewaffnet waren und sie ihm ins Herz stießen.

»Hast du irgendwelche neuen Anhaltspunkte, was deine Herkunft angeht?«, erkundigte ich mich. »Hat die Begegnung mit Meister Schick deinem Gedächtnis auf die Sprünge geholfen?«

Harkat schüttelte den klobigen, halslosen Kopf. »Leider nicht«, seufzte er.

»Wenn tatsächlich der Zeitpunkt gekommen ist, dass du die Wahrheit über deine Vergangenheit erfährst, warum hat dich Meister Schick dann nicht vollends darüber aufgeklärt?«, wunderte sich Mr. Crepsley.

»Ich glaube ... so einfach ist das nicht«, meinte Harkat. »Ich muss mir die Wahrheit erst verdienen. Das gehört zu dem ... Handel, den wir seinerzeit abgeschlossen haben.«

»Stellt euch vor, Harkat wäre wirklich mal ein Vampir gewesen!«, warf ich ein. »Vielleicht war er ja sogar ein Vampirfürst – ob er dann wohl noch die Türen der Fürstenhalle bedienen kann?«

»Ich glaube nicht ... dass ich mal ein Fürst war«, wehrte Harkat mit schiefem Grinsen ab.

»Nicht so bescheiden«, witzelte ich. »Wenn *ich* Fürst werden kann, dann kann es jeder.«

»Allerdings«, brummte Mr. Crepsley und duckte sich, als ich einen abgenagten Knochen nach ihm warf.

Nachdem wir das Gebirge hinter uns gebracht hatten, wandten wir uns nach Südosten und erreichten schon bald die ersten Ausläufer der Zivilisation. Es war ein seltsames Gefühl, plötzlich wieder von Straßenlaternen, Autos und Flugzeugen umgeben zu sein. Ich kam mir vor, als kehrte ich von einer Zeitreise in die Vergangenheit zurück.

»Hier ist es so schrecklich laut«, beklagte ich mich eines Nachts, als wir eine belebte Stadt durchquerten. Wir hatten sie aufgesucht, um ein wenig frisches Menschenblut zu uns zu nehmen. Dazu ritzten wir Schlafenden die Adern auf, tranken ein paar Schlucke und verschlossen die Wunden mit Mr. Crepsleys heilendem Speichel. Die Betreffenden bekamen auf diese Weise überhaupt nicht mit, dass sich Vampire an ihnen gütlich getan hatten. »Dauernd Musik und Gelächter und Geschrei.« Mir taten schon die Ohren weh von dem Krach.

»So sind die Menschen nun mal – laut und rücksichtslos wie eine Horde Affen«, erklärte Mr. Crepsley.

Früher hätte ich solchen Bemerkungen widersprochen. Jetzt nicht mehr. Als ich der Gehilfe des Vampirs geworden war, hatte ich mich an die Hoffnung geklammert, mein früheres Leben eines Tages wieder aufnehmen zu können. Ich hatte heimlich davon geträumt, wieder ein richtiger

Mensch zu werden und zu meiner Familie und meinen Freunden zurückzukehren. Doch das hatte sich gegeben. Im Lauf der Jahre im Vampirberg hatten sich diese menschlichen Sehnsüchte in Nichts aufgelöst. Inzwischen war ich ein echtes Geschöpf der Nacht – und mit dieser Art zu leben einverstanden.

Der lästige Juckreiz wurde immer schlimmer. Bevor wir die Stadt wieder verließen, kaufte ich mir in einer Apotheke diverse Puder und Einreibemittel dagegen, doch sie halfen kein bisschen. Das Jucken war durch nichts zu lindern, und ich kratzte mich auf dem letzten Stück des Weges zu Lady Evannas Höhle fast blutig.

Mr. Crepsley hatte uns nicht viel über diese geheimnisvolle Person erzählt, weder wo sie wohnte, noch ob sie ein Mensch oder ein Vampir war, und auch nicht, was wir überhaupt von ihr wollten.

»Ich finde, ich sollte darüber Bescheid wissen«, beschwerte ich mich. »Angenommen, Ihnen stößt etwas zu. Wie sollen Harkat und ich Lady Evanna dann finden?«

Mr. Crepsley strich sich über die lange Narbe auf seiner linken Wange (obwohl wir uns schon so lange kannten, hatte er mir nie verraten, woher sie stammte) und nickte nachdenklich. »Du hast Recht. Wenn es Nacht wird, zeichne ich euch eine Karte.«

»Verraten Sie uns dann auch, wer diese Lady Evanna ist?«
Der Vampir zögerte. »Das ist viel schwerer zu beschreiben als der Weg. Am besten fragt ihr sie selbst. Evanna erzählt nicht jedem dasselbe. Vielleicht hat sie nichts dagegen, dass ihr über sie im Bilde seid – vielleicht aber doch.«
Ich ließ nicht locker. »Ist sie eine Erfinderin?« Mein früherer Lehrmeister besaß einen Satz sehr praktischer Töpfe und Pfannen, die man zusammenfalten konnte, damit sie auf Reisen besser zu tragen waren. Er hatte mir einmal erzählt, dass Evanna sie hergestellt hatte.
»Ja, bisweilen erfindet sie etwas«, bestätigte er. »Sie ist eine vielseitig begabte Frau. Doch die meiste Zeit züchtet sie Frösche.«
»Wie bitte?« Ich dachte, ich hätte mich verhört.
»Das ist ihr Hobby. Manche Leute züchten Pferde, Hunde oder Katzen, Evanna züchtet eben Frösche.«
»Und wie stellt sie das bitte schön an?«, fragte ich skeptisch.
»Das wirst du schon sehen.« Er beugte sich vor und legte mir die Hand aufs Knie. »Was auch geschieht – nenn sie bloß nie ›Hexe‹!«
»Warum sollte ich sie so nennen?«
»Weil sie … eine Art Hexe ist.«
»Wir gehen eine *Hexe* besuchen?«, rief Harkat erschrocken.

»Was ist so schlimm daran?«, fragte der Vampir zurück.
»In meinen Träumen ... kommt manchmal eine Hexe vor. Ihr Gesicht habe ich noch nie gesehen ... jedenfalls nicht richtig ... und ich kann nicht sagen ... ob sie gut oder böse ist. Manchmal suche ich bei ihr Hilfe, und manchmal ... fliehe ich vor ihr.«
»Das hast du noch nie erwähnt«, warf ich verwundert ein.
Harkat lächelte, aber seine Lippen zitterten. »Bei den ganzen Drachen, Pfählen und Schattenmännern ... kommt es auf eine Hexe mehr oder weniger auch nicht mehr an.«
Bei dem Wort »Drachen« fiel mir ein, was er gesagt hatte, als wir Meister Schick am Fuß des Vampirbergs begegnet waren. Er hatte ihn »Gebieter der Drachen« genannt. Doch der Kleine Kerl konnte sich an seine Bemerkung von damals nicht mehr erinnern. »Allerdings«, dachte er laut nach, »sehe ich Meister Schick im Traum manchmal ... auf Drachen reiten. Einmal hat er einem Drachen das Gehirn herausgerissen und es mir zugeworfen. Ich wollte es auffangen, aber ... dann bin ich aufgewacht.«
Darüber dachten wir alle drei lange nach. Vampire messen Träumen große Bedeutung bei. Viele sind davon überzeugt, dass Träume eine Art Verbindungsglied zu Vergangenheit oder Zukunft dar-

stellen und man viel aus ihnen lernen kann. Doch Harkats Träume schienen so gar keinen Bezug zur Realität zu besitzen. Irgendwann gaben Mr. Crepsley und ich es auf und legten uns aufs Ohr. Harkat blieb wach. Seine grünen Augen glommen schwach, und er versuchte, das Einschlafen so lange wie möglich hinauszuzögern – und damit die Drachen, Pfähle, Hexen und alle anderen Schrecken seiner Albträume.

KAPITEL 9

Eines Abends erwachte ich mit dem Gefühl uneingeschränkten Wohlbehagens. Ich richtete den Blick auf den rötlichen, sich allmählich verdunkelnden Himmel und fragte mich nach dem Grund. Plötzlich wurde es mir klar – das Jucken hatte endlich aufgehört. Vorsichtshalber blieb ich noch ein paar Minuten liegen, doch als ich mich schließlich traute aufzustehen, verspürte ich nicht einmal das leiseste Kribbeln. Erfreut schlenderte ich zu dem kleinen See hinunter, an dessen Ufer wir diesmal unser Lager aufgeschlagen hatten.

Ich steckte das Gesicht in das kalte, klare Wasser und löschte meinen Durst in tiefen Zügen. Als ich den Kopf wieder hob, erblickte ich in der spiegelnden Wasseroberfläche ein fremdes Gesicht. Es befand sich unmittelbar vor mir – das bedeutete, der Unbekannte musste direkt hinter mir stehen und sich absolut lautlos angeschlichen haben.

Ich wirbelte herum und griff nach meinem Schwert. Ich hatte es schon halb herausgezogen, als ich verwirrt innehielt.

Da war niemand.

Suchend sah ich mich nach dem zerlumpten, bärtigen Mann um, konnte ihn jedoch nirgends entdecken. Es gab auch keine Bäume oder Felsen in der Nähe, hinter die er sich hätte ducken können, und nicht einmal ein Vampir hätte sich so unbemerkt wieder davonstehlen können.

Erneut beugte ich mich über den See. Da war er wieder! Genauso behaart und deutlich zu erkennen wie kurz zuvor starrte er mich finster an.

Mit einem Aufschrei sprang ich zurück. Befand sich der bärtige Mann etwa *im* See? Und wenn ja, wie bekam er dann Luft?

Entschlossen trat ich wieder einen Schritt vor, blickte dem Unbekannten zum dritten Mal in die Augen (er erinnerte mich an einen Urmenschen) und lächelte ihn an. Er lächelte zurück. »Hallo«, sagte ich. Im selben Augenblick bewegte auch er die Lippen, blieb aber stumm. »Ich heiße Darren Shan.« Wieder das gleiche Spiel. Ich wurde allmählich ärgerlich – wollte mich der Typ etwa veralbern? –, als mir endlich ein Licht aufging – das war ich!

Als ich näher hinsah, erkannte ich meine Augen und die Form meines Mundes wieder; auch die kleine dreieckige Narbe über meiner rechten Braue, die mittlerweile genauso zu mir gehörte wie meine Nase oder meine Augen, fehlte nicht. Kein Zweifel: Das war mein Gesicht – aber wo kam bloß das ganze Haar her?

Ich betastete mein Kinn und spürte einen dichten, buschigen Bart. Dann fuhr ich mir mit der Hand über den Schädel, der so lange glatt und kahl gewesen war, und entdeckte lange, dicke Locken. Mein schiefer Daumen verfing sich in den Strähnen, und ich zuckte zusammen, als ich ihn befreite und mir dabei ein paar Haare ausriss.

Was in Khledon Lurts Namen war mit mir passiert?

Ich setzte meine Selbstuntersuchung fort, streifte das T-Shirt ab und entblößte einen Wald von Haaren auf Brust und Bauch. Sogar unter meinen Achseln und auf meinen Schultern sprossen dicke Büschel. Ich war von Kopf bis Fuß zugewachsen!

»Bei Charnas Eingeweiden!«, stieß ich hervor und rannte davon, um meine Freunde zu wecken.

Als ich keuchend und laut rufend bei ihnen ankam, waren Mr. Crepsley und Harkat gerade dabei, das Lager abzubrechen. Der Vampir warf einen flüchtigen Blick auf meine zottige Erscheinung, zog sein Messer und brüllte mich an, ich solle sofort stehen bleiben. Harkat pflanzte sich mit grimmigem Gesichtsausdruck neben ihm auf. Schwer atmend hielt ich inne. Die beiden erkannten mich nicht. Zum Zeichen meiner friedlichen Gesinnung hob ich die Hände über den Kopf und krächzte: »Bitte ... tut mir nichts! Ich ... bin es bloß!«

Mr. Crepsley riss verblüfft die Augen auf. *»Darren?«*

»Das kann nicht sein«, knurrte Harkat. »Es ist bestimmt ein Betrüger.«

»Nein!«, jammerte ich. »Ich bin aufgewacht, zum Trinken an den See gegangen und merkte ... merkte ...« Als mir die Stimme versagte, streckte ich den beiden stumm die behaarten Arme entgegen.

Mr. Crepsley trat auf mich zu, steckte das Messer wieder weg und musterte ungläubig mein Gesicht. Dann seufzte er und murmelte: *»Die Purifikation!«*

»Die *was*?«

»Setz dich, Darren«, befahl der Vampir ernst. »Ich muss etwas mit dir besprechen. Harkat – füll die Feldflaschen auf und mach ein neues Feuer.«

Dann erklärte Mr. Crepsley dem Kleinen Kerl und mir, was geschehen war. »Ihr wisst ja, dass aus Halbvampiren Vollvampire werden, wenn man weiteres Vampirblut in sie hineinpumpt. Worüber wir allerdings noch nie gesprochen haben – weil ich es nicht schon so bald erwartet hatte – ist die andere Möglichkeit, wie sich das Blut umwandeln kann. Im Allgemeinen ist es so, dass bei jemandem, der zu lange Halbvampir bleibt (im Durchschnitt etwa vierzig Jahre), die Vampirzellen irgendwann von selbst anfangen, die menschlichen Zellen zu bekämpfen und umzuwandeln, bis derjenige schließlich ein hundertprozentiger Vampir ist. Diesen Vorgang nennt man ›Purifikation‹.«

»Heißt das, ich bin jetzt ein richtiger Vampir?«, fragte ich leise. Der Gedanke war faszinierend und beängstigend zugleich. Faszinierend deshalb, weil damit ein Zuwachs an Körperkraft sowie die Fähigkeit zu huschen und sich mental zu verständigen verbunden waren. Beängstigend, weil es ebenso zur Folge hatte, dass auch ich mich ab sofort vor dem Tageslicht hüten musste und dadurch von der Welt der Menschen abgeschnitten war.

»Noch nicht ganz«, entgegnete Mr. Crepsley. »Das Haar ist erst der Anfang. Wir rasieren es nachher ab. Es wächst zwar wieder nach, aber nur ungefähr einen Monat lang. Doch bis dahin wirst du dich auch noch in anderer Hinsicht verändern. Du wirst größer, was mit Kopfschmerzen und plötzlichen Energieschüben verbunden ist. Doch auch das geht vorüber. Nach Abschluss des Prozesses hat dein Vampirblut dein Menschenblut möglicherweise vollständig verdrängt. Wahrscheinlicher ist jedoch, dass dieser Fall nicht eintritt und du ein paar Monate oder Jahre lang wieder so bist wie zuvor. Doch im Lauf der nächsten Jahre wandelt sich dein Blut in jedem Fall vollständig um. Nun hat also die letzte Phase deines Stadiums als Halbvampir begonnen, und diese Veränderung ist unwiderruflich.«

Wir blieben noch die halbe Nacht sitzen und befassten uns ausführlich mit diesem Thema. Mr. Crepsley führte aus, es komme nur selten vor, dass Halbvampire schon nach weniger als zwanzig Jahren in die Phase der Purifikation einträten. Bei mir war der Vorgang vermutlich durch die Ordination zum Fürsten beschleunigt worden, bei der eine zusätzliche Portion Vampirblut in meine Adern gelangt war.

Mir fiel wieder ein, wie mich Seba seinerzeit untersucht hatte. »Seba wusste doch bestimmt über die Purifikation Bescheid«, meinte ich. »Wieso hat er mich nicht vorgewarnt?«

»Es war nicht seine Aufgabe«, erwiderte Mr. Crepsley. »Ich bin dein Mentor, und ich bin dafür zuständig, dich über diese Dinge zu informieren. Seba hätte mir bestimmt davon erzählt, damit ich mich mit dir zusammensetze, aber er kam nicht mehr dazu: Meister Schick stattete uns seinen Besuch ab, und danach mussten wir den Berg verlassen.«

»Sie haben vorhin gesagt, dass Darren während der Purifikation noch wächst«, warf Harkat ein. »Wie viel denn?«

»Das lässt sich nicht vorhersagen. Im Prinzip könnte er innerhalb weniger Monate seine endgültige Größe erreichen, doch auch das ist nicht zu erwarten. Ich vermute, dass er äußerlich nur ein paar Jahre älter wird.«

»Heißt das, ich bin endlich kein Kind mehr?«, fragte ich gespannt.
»Ich nehme es an.«
Ich dachte einen Moment nach, dann grinste ich breit: »Cool!«

Leider war die Purifikation alles andere als cool – sie war ein echter Fluch! Die vielen Haare wieder abzurasieren war schon schlimm genug (Mr. Crepsley benutzte dazu ein langes Messer, mit dem er mir die Haut blutig schabte), doch die übrigen körperlichen Veränderungen waren noch viel unangenehmer. Meine Knochen streckten sich, und meine Gelenke wurden entsprechend breiter. Auch meine Nägel und Zähne wuchsen. Ich musste mir ständig die Nägel abkauen und auf unseren nächtlichen Wanderungen unablässig mit den Zähnen knirschen, damit beides nicht völlig außer Kontrolle geriet, und auch meine Hände und Füße wurden länger. Nach wenigen Wochen war ich fünf Zentimeter größer, und mir tat buchstäblich alles weh.
Auch mein Wahrnehmungsvermögen geriet in totalen Aufruhr. Die leisesten Geräusche wurden mit einem Mal unerträglich verstärkt: Das Knacken eines Astes klang in meinen Ohren so laut, als stürzte ein ganzes Haus ein. Schon bei den feinsten Gerüchen brannten meine Nasenschleimhäute. Dafür verlor ich komplett den Geschmackssinn.

Alles schmeckte mit einem Mal nach Pappe. Allmählich konnte ich mich in Harkat hineinversetzen und schwor mir, ihn nie wieder wegen seiner nicht vorhandenen Geschmacksknospen aufzuziehen.
Selbst schwaches Licht blendete meine hochempfindlichen Augen. Der Mond glich auf einmal einem grellen Scheinwerfer, und wenn ich bei Tag versehentlich die Augen öffnete, hätte ich mir ebenso gut zwei glühende Nadeln hineinbohren können, so schmerzte mir der Kopf.
»Leiden Vollvampire auch so unter dem Sonnenlicht?«, wandte ich mich eines Tages verzweifelt an meinen Mentor. Ich hatte mich schlotternd unter einer dicken Decke verkrochen und kniff die Augen fest zu.
»Ja«, bestätigte er. »Deshalb vermeiden wir auch jeden Kontakt mit dem Tageslicht, und sei er noch so kurz. Der Sonnenbrand ist nicht so schlimm, jedenfalls nicht in den ersten zehn oder fünfzehn Minuten, aber das Licht ist vom ersten Moment an unerträglich.«
Eine weitere Begleiterscheinung der Purifikation waren rasende Kopfschmerzen, die von der Überreaktion meiner Sinneswahrnehmungen herrührten. Manchmal glaubte ich, mein Schädel müsse jeden Augenblick zerspringen, und weinte vor Schmerzen wie ein kleines Kind.
Mr. Crepsley kümmerte sich fürsorglich um mich.

Er verband mir die Augen mit dünnen Stoffstreifen, durch die ich immer noch genug erkennen konnte, und verstopfte mir Ohren und Nasenlöcher mit Grasbüscheln. Das war zwar ziemlich unbequem, außerdem kam ich mir reichlich albern vor (Harkats Heiterkeitsausbrüche machten die Sache auch nicht besser), aber die Kopfschmerzen ließen tatsächlich etwas nach.
Eine weitere Nebenwirkung waren die von meinem Mentor angekündigten Energieschübe. Manchmal musste ich die beiden anderen nachts einfach überholen, ein Stück vorrennen und dann wieder kehrtmachen, bloß um überschüssige Kraft loszuwerden. Bei jeder Rast machte ich wie ein Besessener Turnübungen: Liegestütze, Klimmzüge, Sit-ups, und meistens war ich lange vor Mr. Crepsley wieder auf den Beinen, weil ich nicht länger als ein paar Stunden am Stück schlafen konnte. Um mich auszutoben, kletterte ich auf Bäume und Felsen, schwamm durch Seen und in Flüssen. Ich hätte meine Kräfte sogar mit einem Elefanten gemessen, wenn uns zufällig einer über den Weg gelaufen wäre!

Nach sechs Wochen kam ich allmählich wieder etwas zur Ruhe. Ich hörte endlich zu wachsen auf. Ich brauchte mich nicht mehr am ganzen Körper zu rasieren – nur das Kopfhaar blieb mir zum Glück erhalten. Ich war nicht mehr kahl! Ich konnte Stoffstreifen und Grasbüschel weglassen, und auch mein Geschmackssinn kehrte zurück, wenn zunächst auch nur in unregelmäßigen Abständen.

Ich war insgesamt sieben Zentimeter gewachsen und deutlich breitschultriger als vor der Purifikation. Mein Gesicht hatte seine kindliche Weichheit verloren, wodurch ich etwas älter wirkte, ungefähr wie fünfzehn oder sechzehn.

Und das Allerwichtigste: Ich war immer noch ein Halbvampir. Die Purifikation hatte die menschlichen Zellen in meinem Blut nicht gänzlich vernichtet. Die Kehrseite davon war allerdings, dass ich die ganze Prozedur später noch einmal durchmachen musste. Zum Ausgleich durfte ich zumindest momentan wieder ungehindert das Sonnenlicht genießen, bevor ich mich irgendwann für immer davon verabschieden und mich für den Rest meines Vampirdaseins mit der Nacht begnügen musste.

Auch wenn es mich sehr lockte, endlich ein vollwertiger Vampir zu sein, würde ich das Leben bei Tag doch sehr vermissen. War mein Blut erst einmal umgewandelt, gab es kein Zurück mehr. Ich akzeptierte diese Tatsache, aber ich hatte ehrlich gesagt auch Angst davor. Doch wie es aussah, hatte ich immerhin noch ein oder zwei Jahre Zeit, mich darauf einzustellen.

Sämtliche Kleider und Schuhe waren mir zu klein

geworden, daher musste ich mich in einer kleinen Stadt am Rande der Zivilisation (wir nahmen allmählich wieder Kurs auf menschenleere Gegenden) neu ausstaffieren. In einem Armeeladen suchte ich mir Klamotten aus, die meinen alten möglichst ähnlich waren, dazu ein paar rote Hemden und eine dunkelgrüne Hose. Als ich zur Kasse ging, betrat ein hoch gewachsener, hagerer Mann den Laden. Er trug ein braunes Hemd, eine schwarze Hose und eine Baseballmütze. »Brauch Nachschub«, grunzte er mürrisch und knallte dem Verkäufer eine Liste auf den Tresen.

»Für die Gewehre müssen Sie aber einen Waffenschein haben«, erwiderte dieser, nachdem er den Zettel überflogen hatte.

»Hab ich.« Der Mann wollte gerade in seine Hemdtasche greifen, doch dann streifte sein Blick meine Hände, und er hielt mitten in der Bewegung inne. Ich hielt meine Neuerwerbungen an die Brust gedrückt, und die Narben auf meinen Fingerkuppen, die mir Mr. Crepsley seinerzeit beigebracht hatte, als er mich anzapfte, waren deutlich zu erkennen.

Der Mann wandte den Blick sofort wieder ab und drehte sich weg, aber ich hatte das deutliche Gefühl, dass ihm die Narben nicht nur aufgefallen waren, sondern dass er auch genau wusste, was sie bedeuteten. So rasch wie möglich verließ ich den Laden und eilte zu meinen Gefährten zurück, die am Stadtrand auf mich warteten. Ich schilderte ihnen den Vorfall.

»Wirkte der Mann nervös?«, erkundigte sich Mr. Crepsley. »Ist er dir gefolgt?«

»Nein. Als er die Narben sah, ist er kurz zusammengezuckt, hat dann aber so getan, als wäre nichts geschehen. Aber er wusste, was das für Narben sind, darauf könnte ich wetten.«

Mr. Crepsley befühlte seine Wange und wiegte den Kopf. »Normalerweise wissen Menschen über die Erkennungszeichen von Vampiren nicht Bescheid. Aber es gibt Ausnahmen. Aller Wahrscheinlichkeit nach ist der Mann ein ganz gewöhnlicher Zeitgenosse, der irgendwo mal etwas über Vampire und ihre Fingerkuppen gehört hat.«

»Es *könnte* aber auch ein Vampirjäger sein«, sagte ich leise.

»Vampirjäger sind selten geworden – doch vereinzelt gibt es sie noch«, bestätigte Mr. Crepsley. Er dachte nach. Dann kam er zu einem Entschluss. »Wir lassen uns davon nicht aufhalten. Aber wir sind auf der Hut, und einer von euch beiden, Harkat oder du, hält von nun an bei Tag Wache. Wenn uns tatsächlich jemand überfällt, sind wir gewappnet.« Er lächelte kaum merklich und berührte den Knauf seines Messers. »Und dann wehe ihm!«

KAPITEL 10

Als der Morgen dämmerte, wussten wir, dass wir uns einem Kampf stellen mussten. Wir wurden verfolgt, und zwar nicht nur von einer Person, sondern von dreien oder vieren. Sie hatten unsere Fährte ein paar Kilometer hinter der Stadt aufgenommen und waren uns seither auf den Fersen. Die Fremden bewegten sich mit bewundernswerter Lautlosigkeit, und wären wir nicht ohnehin auf derlei Zwischenfälle gefasst gewesen, hätten wir wohl überhaupt nicht bemerkt, dass etwas nicht stimmte. Hat ein Vampir jedoch erst einmal Gefahr gewittert, kann sich selbst der leichtfüßigste Mensch nicht mehr unbemerkt an ihn heranpirschen.

»Wie sieht unser Plan aus?«, erkundigte sich Harkat, als wir unser Lager mitten in einem Wäldchen aufschlugen, dessen dicht ineinander verwobene Äste und Blätter uns Schutz vor dem Sonnenlicht gewährten.

»Sie warten garantiert ab, bis es richtig Tag ist«, sagte Mr. Crepsley mit gedämpfter Stimme. »Wir tun so, als hätten wir nichts bemerkt, und stellen

uns schlafend. Wenn sie nahe genug sind, schnappen wir sie uns.«
»Halten Sie die Helligkeit denn aus?«, fragte ich. Obwohl wir einigermaßen geschützt waren, konnten wir im Kampfgetümmel aus dem Schatten der Abendsonne gelockt werden.
»Für die kurze Zeit, die wir brauchen, um mit diesen Burschen fertig zu werden, kann mir das Licht nichts anhaben«, erwiderte Mr. Crepsley. »Außerdem verbinde ich mir die Augen, so wie du bei deiner Purifikation.«
Also bereiteten wir uns aus Moos und Blättern ein Lager auf dem Boden, wickelten uns in unsere Umhänge und legten uns hin. »Vielleicht sind sie ... bloß neugierig«, flüsterte Harkat. »Wär ja möglich ... dass sie einfach nur wissen wollen, wie ... ein echter Vampir aussieht.«
»Dazu gehen sie zu umsichtig und zielstrebig vor«, widersprach ihm Mr. Crepsley. »Die meinen es ernst.«
»Mir fällt gerade ein«, zischte ich, »dass der Kerl im Laden *Gewehre* gekauft hat!«
»Heutzutage sind die meisten Vampirjäger ordentlich bewaffnet«, brummte Mr. Crepsley. »Die Nächte, als die Schwachköpfe noch mit Hammer und Holzpflock anrückten, sind leider längst Geschichte.«
Danach erstarb unsere Unterhaltung. Wir lagen ganz still mit geschlossenen Augen da (außer Har-

kat natürlich, der seine lidlosen Augen mit einem Tuch bedeckte), atmeten gleichmäßig und taten so, als schliefen wir.

Die Sekunden dehnten sich, ballten sich unendlich langsam zu Minuten, und es dauerte ewig, bis daraus wiederum Stunden wurden. Seit meinem letzten ernsthaften Gefecht waren sechs Jahre vergangen. Meine Glieder fühlten sich unnatürlich steif an, und in meinem Magen ringelten sich eiskalte Schlangen. Unter den Falten meines Umhangs krümmte und streckte ich unaufhörlich die Finger, die sich nie weit von meinem Schwertknauf entfernten und jederzeit bereit waren zuzupacken.

Kurz nach Mittag, wenn die Sonne für Vampire am gefährlichsten ist, hatten die Jäger zu uns aufgeschlossen. Sie waren zu dritt und näherten sich im Halbkreis. Zuerst hörte ich lediglich das Laub rascheln, hin und wieder knackte ein Ast. Doch als sie näher kamen, vernahm ich ihren schweren Atem, das Ächzen der Knochen unter den angespannten Muskeln und das rasche, aufgeregte Pochen ihrer Herzen.

Zehn oder zwölf Meter von uns entfernt blieben sie stehen, versteckten sich hinter Bäumen und machten sich zum Angriff bereit. Es folgte eine lange, nervenaufreibende Pause ... dann das Geräusch eines Gewehrhahns, der gespannt wurde.

»*Jetzt!*«, brüllte Mr. Crepsley, sprang mit einem

Satz auf und stürzte sich wie ein geölter Blitz auf den nächstbesten Mann.
Harkat und ich knöpften uns die beiden anderen vor. Derjenige, den ich ins Auge gefasst hatte, trat fluchend hinter seinem Baum hervor, riss die Flinte hoch und drückte ab. Eine Kugel zischte knapp an mir vorbei und verfehlte mich um wenige Zentimeter. Bevor der Kerl ein zweites Mal schießen konnte, stand ich vor ihm.
Ich entwand ihm die Waffe und schleuderte sie weg. Hinter mir knallte ein zweiter Schuss, doch mir blieb keine Zeit, mich nach meinen Freunden umzusehen, denn der Mann vor mir hatte inzwischen ein langes Jagdmesser gezückt. Also zog auch ich mein Schwert.
Als der Mann das Schwert erblickte, weiteten sich seine Augen vor Schreck. Er hatte sie mit roten Kreisen umrandet, die wie Blut aussahen. Dann kniff er sie wieder zusammen: »Du bist ja noch ein Kind«, knurrte er verächtlich und stieß mit dem Messer nach mir.
»O nein«, ich wich aus und hieb meinerseits mit dem Schwert nach ihm. »Da täuschst du dich gewaltig!«
Als der Kerl wieder nach mir ausholte, führte ich meine Waffe in einem eleganten Bogen nach oben. Mühelos glitt die Klinge durch Haut, Muskeln und Knochen seiner rechten Hand, trennte ihm drei Finger ab und entwaffnete ihn damit.

Der Mann schrie vor Schmerz laut auf und kippte nach hinten. Ich nutzte die Gelegenheit, mich nach Mr. Crepsley und Harkat umzudrehen. Der Vampir hatte sich seines Angreifers bereits entledigt und ging gerade mit langen Schritten auf Harkat zu, der seinen Gegner niederzuringen versuchte. Der Kleine Kerl schien die Oberhand zu gewinnen, doch Mr. Crepsley stand für alle Fälle bereit, um einzuspringen, falls sich das Blatt doch noch zu Harkats Ungunsten wendete.
Zufrieden, dass alles wie geplant verlief, wandte ich mich wieder dem vor mir auf dem Boden Liegenden zu. Schon bereitete ich mich innerlich auf die unangenehme Aufgabe vor, ihm den Garaus zu machen, als ich zu meinem Erstaunen sah, dass er mich hämisch angrinste.
»Du hättest mir die andere Hand auch noch abschlagen sollen!«, knurrte er.
Mein Blick wanderte zu seiner Linken. Der Atem stockte mir, als ich sah, dass er eine Handgranate an die Brust drückte!
»Keinen Schritt weiter!«, rief er, als ich mich auf ihn werfen wollte, und drückte den Zünder mit dem Daumen halb herunter. »Wenn die hier losgeht, fliegen wir alle beide in die Luft!«
»Immer mit der Ruhe«, sagte ich nervös und ging langsam rückwärts, den Blick ängstlich auf die Handgranate geheftet.
»Bleib du mal lieber ruhig«, kicherte er sadistisch.

Auf seinen kahl geschorenen Kopf war über beiden Ohren jeweils ein dunkles V tätowiert. »Sag deinem sauberen Vampirfreund und diesem grauhäutigen Monster, sie sollen gefälligst meinen Kumpel loslassen, sonst ...«

Da ertönte zwischen den Bäumen zu meiner Linken ein sirrendes Pfeifen. Etwas flog durch die Luft, prallte gegen die Granate und schlug sie dem Burschen aus der Hand. Der Mann stieß einen überraschten Schrei aus und langte nach der nächsten (sein ganzer Gürtel war damit bestückt). Ein zweites Sirren war zu hören, und ein glitzerndes, vielzackiges Wurfgeschoss bohrte sich in seinen rasierten Schädel.

Ächzend sackte der Mann zusammen, wand sich ein paar Sekunden krampfhaft, dann lag er ganz still. Verdutzt starrte ich ihn an und beugte mich ohne nachzudenken vor. In seinem Kopf stak ein goldener Wurfstern. Weder Mr. Crepsley noch Harkat führte eine solche Waffe mit sich. Wer hatte sie dann geschleudert?

Wie zur Antwort auf meine stumme Frage sah ich aus dem Augenwinkel, wie jemand aus einem Baum in meiner Nähe sprang und auf mich zukam. Ich fuhr herum.

»Nur einer Leiche dreht man den Rücken zu!«, tadelte mich der Fremde in scharfem Ton. »Hat dir Vanez Blane das denn nicht eingebläut?«

»War ... war mir gerade entfallen«, stotterte ich,

zu verwirrt für eine vernünftige Antwort. Der Vampir – denn es musste einer von uns sein – war stämmig und mittelgroß. Seine Haut war leicht gerötet, das Haar grün getönt, und er war in purpurrot gefärbte, mit groben Stichen aneinander genähte Tierfelle gehüllt. Seine Augen waren fast so riesig wie Harkats, der Mund im Verhältnis dazu überraschend klein. Anders als Mr. Crepsley hatte er sich nicht zum Schutz gegen das Sonnenlicht die Augen verbunden, doch er blinzelte angestrengt. Er war barfuß und trug keine anderen Waffen außer mehreren mit Dutzenden von Wurfsternen behängten Hüftgurten.

»Wenn du gestattest, hole ich mir meinen Shuriken wieder«, wandte sich der Vampir nun an den Toten, zog den Wurfstern mit einem Ruck aus dessen Schädelknochen, wischte das Blut ab und befestigte ihn wieder an einem der Gurte. Dann drehte er den Kopf seines Opfers hin und her und betrachtete aufmerksam das abrasierte Haar, die Tätowierungen und die roten Kreise um die Augen. »Ein Vampet!«, schnaubte er verächtlich. »Hatte neulich schon mal das Vergnügen. Elende Drecksäcke.« Er spuckte auf die Leiche und versetzte dem Toten dann mit dem nackten Fuß einen Tritt, so dass er aufs Gesicht rollte.

Nachdem das erledigt war, drehte der Fremde sich zu mir um – doch ich hatte inzwischen begriffen, wer er war (man hatte ihn mir schon oft beschrieben), und grüßte ihn mit gebührender Hochachtung. »Vancha March«, sagte ich und verneigte mich. »Es ist mir eine Ehre, Eure Bekanntschaft zu machen, Euer Gnaden.«

»Freut mich ebenfalls«, erwiderte er fröhlich.

Vancha March war der vierte Vampirfürst, den ich bislang nur vom Hörensagen kannte. Von allen Vampirherrschern führte er das ursprünglichste und wildeste Leben.

»Vancha!«, rief Mr. Crepsley hocherfreut, riss sich beim Näherkommen die Binde von den Augen und drückte dem Fürsten herzlich die Schulter. »Was macht Ihr denn hier, Euer Gnaden? Ich vermutete Euch viel weiter nördlich.«

»Da komme ich auch her«, schniefte Vancha, wischte sich mit dem linken Handrücken über die Nase und schnickte etwas Grünes, Schleimiges weg. »Aber dort war nichts los, deshalb bin ich nach Süden gewandert. Ich bin auf dem Weg zu Lady Evanna.«

»Da wollen wir auch hin«, sagte ich.

»Hab ich mir schon gedacht. Ich bin euch nämlich schon ein paar Nächte heimlich gefolgt.«

»Ihr hättet Euch früher bemerkbar machen sollen, Euer Gnaden«, meinte Mr. Crepsley respektvoll.

»Bin dem neuen Fürsten noch nie begegnet«, erläuterte sein Gegenüber. »Wollte ihn mir erst mal von weitem ansehen.« Er musterte mich kritisch.

»Was diesen Kampf betrifft, muss ich leider sagen, dass ich nicht übermäßig beeindruckt bin!«
»Ich weiß, ich habe einen Fehler gemacht, Euer Gnaden«, entgegnete ich schuldbewusst. »Ich hatte Angst um meine Kameraden, deshalb habe ich gezögert, als ich hätte handeln sollen. Ich akzeptiere den Vorwurf und bin ehrlich zerknirscht.«
»Wenigstens weiß der Kleine, wie man sich anständig entschuldigt«, lachte Vancha und klopfte mir derb auf den Rücken.
Vancha March war von oben bis unten mit Schmutz und Staub bedeckt und stank wie ein nasser Wolf. Allerdings war das sein normaler Aufzug. Er war ein echtes Geschöpf der Wildnis und galt sogar in Vampirkreisen als extrem. Seine Kleidung fertigte er grundsätzlich eigenhändig aus dem Fell seiner Jagdbeute an; er verzehrte kein gebratenes Fleisch und trank ausschließlich frisches Wasser, Milch und Blut.
Inzwischen hatte auch Harkat seinen Gegner ins Jenseits befördert und kam auf uns zugehumpelt. Vancha hockte sich unbekümmert im Schneidersitz auf den Boden, hob den linken Fuß an den Mund und fing an, sich die Zehennägel abzuknabbern!
»Das ist also der Kleine Kerl, der sprechen kann«, nuschelte der grünhaarige Fürst und beäugte Harkat über seinen linken großen Zeh hinweg. »Harkat Mulds, richtig?«

»Jawohl, Euer Gnaden«, erwiderte Harkat höflich und zog seine Maske herunter.
»Ich sag's dir am besten gleich, Mulds: Ich halte nichts von Salvatore Schick und seinen komischen Knirpsen.«
»Und ich halte nichts von Vampiren ... die an ihren Zehennägeln kauen«, konterte Harkat und fügte ein ironisches »Euer Gnaden« hinzu.
Vancha lachte bloß und spuckte ein Stück Zehennagel aus. »Ich glaube, wir beide kommen gut miteinander klar, Mulds!«
»War Eure Reise anstrengend, Euer Gnaden?«, erkundigte sich Mr. Crepsley, ließ sich neben dem Fürsten nieder und schützte seine Augen wieder mit dem Stoffstreifen.
»Nicht besonders«, grunzte Vancha und wechselte die Beine. Dann widmete er sich dem rechten Fuß. »Und bei euch?«
»Kein Grund zur Klage.«
»Irgendwelche Neuigkeiten vom Vampirberg?«
»Jede Menge.«
»Hat Zeit bis heute Nacht.« Vancha war inzwischen auch mit dem rechten Fuß fertig und ließ sich nach hinten sinken. Er nahm den roten Umhang ab und deckte sich damit zu. »Weckt mich bitte, wenn es Nacht wird«, gähnte er. Dann wälzte er sich auf die Seite und schlief auf der Stelle laut schnarchend ein.
Mit ungläubig aufgerissenen Augen stierte ich den

Schlafenden, die abgebissenen Nägel, die überall herumlagen, seine zerlumpte Kleidung und die verfilzten grünen Haare an. »Ist er *wirklich* ein Vampirfürst?«, flüsterte ich.

Mr. Crepsley nickte lächelnd.

»Aber er sieht aus wie ...«, zischelte Harkat zweifelnd. »Er benimmt sich wie ...«

»Lasst euch nicht von Äußerlichkeiten täuschen«, wies uns der Vampir zurecht. »Vancha hat sich für das einfache Leben entschieden, aber er ist einer der Vortrefflichsten unseres Clans.«

»Wenn Sie meinen ...«, erwiderte ich wenig überzeugt. Den Rest des Tages verbrachte ich auf dem Rücken liegend, blickte in den bewölkten Himmel und verfluchte Vanchas dröhnendes Schnarchen, das mich kein Auge zutun ließ.

KAPITEL 11

Wir ließen die toten Vampets einfach liegen (Vancha fand, sie verdienten kein ordentliches Begräbnis) und zogen bei Einbruch der Dämmerung weiter. Unterwegs berichtete Mr. Crepsley dem Fürsten von Meister Schicks Besuch im Vampirberg und von seiner Prophezeiung. Vancha unterbrach meinen Mentor nur selten und dachte lange nach, bevor er sich zu dem Gehörten äußerte.

»Man muss kein Genie sein, um zu erraten, dass ich der Dritte im Bunde bin«, meinte er schließlich.

»Es würde mich sehr wundern, wenn nicht«, stimmte ihm mein ehemaliger Meister zu.

Die ganze Zeit über hatte sich Vancha mit einem spitzen Zweig in den Zähnen herumgestochert. Nun warf er ihn fort und spuckte auf den staubigen Pfad. Im Spucken war er ein echter Weltmeister: Mit seinem zähflüssigen, klumpigen, grünen Speichel traf er eine Ameise auf zwanzig Schritt Entfernung. »Dieser Schick mischt sich ständig in anderer Leute Angelegenheiten ein«, sagte er schroff. »Ich traue ihm nicht über den Weg. Ich bin ihm schon ein paar Mal begegnet und habe mir angewöhnt, immer genau das Gegenteil von dem zu machen, wozu er rät.«

Mr. Crepsley nickte. »Im Großen und Ganzen stimme ich Euch zu, Euer Gnaden. Doch die Zeiten sind verworren, und ...«

»Larten!«, schnitt ihm der Fürst ungehalten das Wort ab. »Solange wir zusammen unterwegs sind, nennst du mich gefälligst ›Vancha‹, ›March‹ oder ›altes Scheusal!‹. Hör endlich auf, dich so unterwürfig zu benehmen.«

»In Ordnung ... *altes Scheusal*«, erwiderte Mr. Crepsley grinsend. Dann wurde er wieder ernst. »Ich wiederhole, Vancha: Die Zeiten sind verworren. Das Überleben unserer ganzen Sippe steht auf Pfahles Spitze. Können wir es uns da wirklich leisten, Meister Schicks Ratschläge zu ignorieren? Ich fürchte, wir müssen nach jedem Strohhalm greifen.«

Vancha stieß einen langen, unzufriedenen Seufzer aus. »Vierhundert Jahre lang hat dieser Schick uns weisgemacht, dass wir den Krieg gegen die Vampyre auf jeden Fall verlieren. Wieso erzählt er uns auf einmal, dass unser Untergang keineswegs besiegelt ist, dass wir der Vernichtung aber nur dann entgehen können, wenn wir seine Ratschläge befolgen?« Der grünhaarige Fürst kratzte sich im Nacken und spuckte in hohem Bogen ins Gebüsch. »Da ist doch etwas oberfaul!«

»Möglicherweise vermag Evanna ja etwas Licht in die Angelegenheit zu bringen«, sinnierte Mr. Crepsley. »Auch sie besitzt hellseherische Fähigkeiten. Vielleicht kann sie uns sagen, ob Meister Schicks Weissagung ernst zu nehmen ist.«

»Ihrem Urteil vertraue ich«, nickte Vancha. »Evanna ist zwar nicht sehr gesprächig, aber was sie sagt, hat Hand und Fuß. Wenn auch sie der Meinung ist, dass unsere Unternehmung sinnvoll ist, schließe ich mich euch gerne an. Falls nicht ...« Mit einem Achselzucken war das Thema für ihn erledigt.

Vancha March war *wirklich* ein verrückter Typ – und das ist noch milde ausgedrückt! Jemandem wie ihm war ich noch nie begegnet. Er lebte nach seinen ganz eigenen Prinzipien. Das mit dem rohen Fleisch, Wasser, Milch und Blut oder das mit den Tierfellen hatte man mir ja schon erzählt. Doch in den nun folgenden sechs Nächten sollte ich noch viel mehr über ihn erfahren.

Er orientierte sich an den Vampiren früherer Zeiten. Damals waren die Vampire davon überzeugt, von den Wölfen abzustammen. Wer ein rechtschaffenes, sittenstrenges Leben führte, würde nach seinem Tod wieder ein Wolf werden und als Geist durch die ewige Nacht des Paradieses streifen. Daher benahmen sie sich schon zu Lebzeiten eher wie Wölfe als Menschen, mieden die Zivilisation (es sei denn, sie benötigten Blut), stellten ihre

eigene Kleidung her und unterwarfen sich den Gesetzen der Wildnis.
Vancha hätte sich niemals in einen Sarg schlafen gelegt – das war ihm viel zu bequem! Seiner Meinung nach hatte ein Vampir im Freien zu nächtigen und sich nur mit seinem Umhang zuzudecken. Er respektierte zwar die Vampire, die einen Sarg benutzten, verachtete jedoch jene zutiefst, die ein Bett vorzogen. Meine Vorliebe für Hängematten behielt ich deshalb lieber für mich!
Vancha interessierte sich sehr für Träume und aß oft wild wachsende Pilze, deren Genuss lebhafte Phantasien und Visionen verursachte. Er war fest davon überzeugt, dass sich aus Träumen die Zukunft ablesen ließ, wenn man es verstand, sie richtig zu deuten. Auf diese Weise könne jeder sein Schicksal beeinflussen. Daher fesselten ihn Harkats Albträume ganz besonders, und er konnte stundenlang mit dem Kleinen Kerl darüber diskutieren.
Seine Shuriken (die Wurfsterne) feilte er selbst aus verschiedenen Metallen und Steinen zurecht. Sie waren die einzigen Waffen, die er benutzte. Seiner Meinung nach sollte ein Handgemenge genau das sein – und entsprechend von Mann zu Mann mit bloßen Händen ausgetragen werden. Mit Schwertern, Speeren oder Streitäxten hatte er nichts am Hut, er weigerte sich, sie auch nur anzurühren.
»Und was machst du, wenn dein Gegner zum

Schwert greift?«, fragte ich eines Abends, als wir gerade unser Lager abbrachen. »Läufst du dann weg?«

»Ich laufe vor niemandem weg!«, erwiderte er in scharfem Ton. »Pass auf – ich zeig's dir.« Er pflanzte sich vor mir auf, rieb sich die Hände und forderte mich auf, mein Schwert zu ziehen. Als ich zögerte, versetzte er mir einen Klaps auf die Schulter und spottete: »Hast du Schiss?«

»Natürlich nicht«, gab ich beleidigt zurück. »Ich möchte dir bloß nicht wehtun.«

Er lachte auf. »Da mach dir mal keine Sorgen, was, Larten?«

»Sei dir da nicht zu sicher«, brummte Mr. Crepsley. »Darren ist zwar noch ein Halbvampir, aber er ist ganz schön auf Zack. Unterschätze ihn nicht, Vancha.«

»Umso besser«, erwiderte der Fürst. »Ich bevorzuge ebenbürtige Gegner.«

Flehend blickte ich meinen einstigen Meister an. »Ich kann doch nicht auf einen Unbewaffneten losgehen.«

»Unbewaffnet?«, rief Vancha. »Und was ist das hier?« Er wedelte mit den Händen vor meiner Nase herum.

»Nun mach schon«, ermutigte mich Mr. Crepsley. »Vancha weiß, was er tut.«

Widerstrebend zog ich mein Schwert und machte einen halbherzigen Ausfall. Vancha rührte sich keinen Zentimeter. Gelassen sah er zu, wie ich kraftlos in die Luft hieb.

»Schlappschwanz«, kommentierte er verächtlich.

»Na hör mal«, protestierte ich. »Ich will doch bloß …«

Bevor ich noch eine Silbe sagen konnte, hatte er sich auf mich gestürzt, mich an der Kehle gepackt und mir mit seinen scharfen Fingernägeln eine kleine, aber schmerzhafte Schnittwunde quer über den Hals beigebracht.

»Aua!«, schrie ich und taumelte zurück.

»Nächstes Mal schneide ich dir die Nase ab«, kommentierte Vancha liebenswürdig.

»Das werden wir ja sehen!«, knurrte ich und schwang, nun von echtem Zorn beflügelt, meine Klinge.

Vancha duckte sich. »Nicht schlecht für den Anfang«, grinste er beifällig.

Den Blick fest auf mich geheftet, umkreiste er mich und ließ dabei die Finger spielen. Ich hielt mein Schwert zunächst gesenkt. Sobald er stehen blieb, machte ich einen Satz und stieß zu. Ich hatte erwartet, dass er ausweichen würde, doch stattdessen riss er den rechten Arm hoch und fegte die Klinge mit der flachen Hand beiseite wie ein Stück Holz; und während ich noch mein Gleichgewicht wiederfand, machte er einen Schritt auf mich zu, packte mein Handgelenk und drehte es

kräftig um. Die Waffe glitt mir aus den Fingern – und ich war wehrlos.
»Kapiert?« Lächelnd trat er zurück und bedeutete mir mit erhobenen Händen, dass unser Duell zu Ende war. »Im Ernstfall wärst du jetzt ganz schön am Arsch.« Vancha verfügte über einen großen Vorrat an Kraftausdrücken – der hier war noch einer der harmlosesten!
»Pah«, schmollte ich und rieb mir das Handgelenk. »Du hast einen Halbvampir besiegt. Bei einem Vollvampir oder einem Vampyr wäre dir das nicht geglückt.«
»O doch. Waffen sind Symbole der Furcht. Nur wer Angst hat, benutzt sie. Wer einmal gelernt hat, mit bloßen Händen zu kämpfen, ist gegenüber jenen, die auf Schwerter und Messer vertrauen, stets im Vorteil. Und weißt du auch, warum?«
»Warum?«
»Weil sie von ihrer Überlegenheit *überzeugt* sind!«, trumpfte Vancha auf. »Waffen sind trügerisch – sie sind nichts Natürliches –, und sie erzeugen ein trügerisches Selbstvertrauen. Wenn ich mich auf einen Kampf einlasse, rechne ich immer damit, dabei draufzugehen. Sogar vorhin bei unserem kleinen Zweikampf habe ich diese Möglichkeit in Betracht gezogen und mich damit abgefunden. Der Tod ist das Schlimmste, was dir zustoßen kann, Darren. Wenn du ihn einmal akzeptiert hast, fürchtest du dich vor gar nichts mehr.«

Er bückte sich nach meinem Schwert, reichte es mir und musterte mich gespannt. Ich spürte, dass er von mir erwartete, die Waffe wegzuwerfen – und ich war in Versuchung, es tatsächlich zu tun, um mir seinen Respekt zu verdienen. Doch ohne Schwert hätte ich mich irgendwie nackt gefühlt, deshalb steckte ich es in die Scheide zurück und blickte betreten zu Boden.
Vancha packte mich freundschaftlich am Nacken. »Mach dir nichts draus«, tröstete er mich. »Du bist noch jung. Du hast noch viel Zeit zum Lernen.« Dann fielen ihm Meister Schick und der Lord der Vampyre wieder ein, und seine Augen wurden schmal. »Hoffe ich jedenfalls«, setzte er düster hinzu.

Ich bat Vancha, mir das Kämpfen mit bloßen Händen beizubringen. Zwar hatte ich das schon während meiner Ausbildung im Vampirberg trainiert, doch da waren meine Gegner ebenfalls unbewaffnet gewesen. Abgesehen von ein paar Unterrichtsstunden zu dem Thema, was man zu tun hatte, wenn einem jemand mitten in der Schlacht die Waffe aus der Hand schlug, hatte mir niemand gezeigt, wie ich mich mit bloßen Händen eines voll bewaffneten Gegners erwehren konnte. Vancha warnte mich: Das zu lernen würde Jahre dauern und mich eine Menge Schrammen kosten, doch ich ließ mich nicht abwimmeln. Die Vorstel-

lung, ohne Hilfsmittel einem bis an die Zähne bewaffneten Vampyr den Garaus zu machen, fand ich einfach faszinierend.
Unterwegs konnte das Training zwar nicht stattfinden, aber tagsüber, wenn wir rasteten, erklärte mir Vancha die wichtigsten Abwehrtechniken und versprach mir nach der Ankunft bei Evanna eine richtige Unterrichtsstunde.
Ansonsten weigerte auch er sich, mir mehr über die geheimnisvolle Hexe zu erzählen; er erwähnte lediglich, dass sie zugleich die anziehendste und abstoßendste aller Frauen sei – was mir nicht gerade weiterhalf!
Ich hatte angenommen, Vancha sei ein erbitterter Vampyrhasser (diejenigen Vampire, welche die alten Traditionen hochhielten, waren meist auch jene, welche die Vampyre in Grund und Boden verdammten), doch zu meiner Überraschung hatte er gar nichts gegen unsere abtrünnigen Verwandten. »Die Vampyre sind tapfer und ehrenwert«, bemerkte er ein paar Nächte vor unserer Ankunft bei Evanna. »Einige ihrer Gewohnheiten lehne ich zwar ab – ich finde es zum Beispiel völlig überflüssig, jene zu töten, an denen wir uns laben –, doch abgesehen davon bewundere ich sie.«
»Vancha hat übrigens seinerzeit dafür gestimmt, Kurda Smahlt zum Fürsten zu ordinieren«, warf Mr. Crepsley ein.

»Kurda habe ich ebenfalls bewundert«, bestätigte Vancha. »Er hatte nicht nur Köpfchen, sondern auch Mut. Er war ein sehr ungewöhnlicher Vampir.«

»Aber ...« Ich hüstelte verlegen.

»Was wolltest du sagen?«, hakte Vancha nach.

»Bereust du es denn nicht, ihn gewählt zu haben, wo er doch die Vampyre gegen uns aufgewiegelt hat?«

»Nein«, antwortete Vancha schlicht. »Seine Taten kann ich nicht gutheißen, und hätte ich am Konzil teilgenommen, hätte ich mich nicht für ihn eingesetzt. Doch er folgte der Stimme seines Herzens. Er tat es für den Clan. Er war irregeleitet, aber ich halte ihn nicht für einen echten Verräter. Er hat einen Fehler begangen, doch seine Beweggründe waren hochherzig.«

»Ich bin ganz Eurer Meinung«, mischte sich Harkat ein. »Ich finde, Kurda wurde ungerecht behandelt. Es war schon rechtens ... ihn hinzurichten, aber es war falsch ... ihn als Schurken abzustempeln und zu verbieten ... seinen Namen in der Fürstenhalle auszusprechen.«

Ich äußerte mich nicht dazu. Ich hatte Kurda sehr gemocht und wusste, dass er den Vampirclan nur vor dem Vampyrlord hatte schützen wollen. Doch er hatte Gavner Purl, einen anderen guten Freund von mir, umgebracht und noch weitere Opfer zu verantworten, unter anderem Arra Sails, eine Vampirin, die früher einmal Mr. Crepsleys Gefährtin gewesen war.

Am letzten Tag unserer ersten Etappe fand ich endlich heraus, wen Vancha als seinen *wahren* Feind betrachtete. Ich hatte geschlafen, war aber davon aufgewacht, dass mein Gesicht juckte (eine Nachwirkung der Purifikation). Es war erst kurz vor Mittag. Ich setzte mich auf, kratzte mich am Kinn und entdeckte zu meinem Erstaunen Vancha am Rand des Lagerplatzes. Abgesehen von einem Streifen Bärenfell um die Taille war er splitternackt – und damit beschäftigt, sich von oben bis unten mit Speichel einzureiben.

»Vancha?«, rief ich leise. »Was machst du da?«

»Will ein bisschen spazieren gehen«, gab er zurück und wandte sich seinen Schultern und Armen zu.

Ich blickte hoch. Der Himmel war blau und fast wolkenlos. »Es ist *Tag*, Vancha«, sagte ich.

»Ehrlich?«, erwiderte er ironisch. »Danke für den Hinweis.«

»Aber die Sonne ist für Vampire lebensgefährlich.« Allmählich fragte ich mich, ob er sich vielleicht den Kopf gestoßen hatte und nicht ganz bei Sinnen war.

»Nicht sofort.« Er blickte mich scharf an. »Hast du schon mal darüber nachgedacht, *warum* die Sonne so gefährlich für Vampire ist?«

»Na ja, nicht so richtig ...«

»Es gibt keine logische Erklärung dafür. Die Menschen behaupten, wir seien böse und alles Böse müsse das Sonnenlicht scheuen. Aber das ist Unsinn: Erstens sind wir nicht böse, und zweitens wäre das noch lange kein Grund, sich bei Tag nicht ungehindert zu bewegen. Nimm zum Beispiel die Wölfe«, fuhr er fort. »Angeblich stammen wir von ihnen ab, doch ihnen schadet die Sonne nicht. Noch nicht einmal für echte Nachtgeschöpfe wie Fledermäuse und Eulen ist das Tageslicht lebensbedrohend. *Warum also für uns Vampire?*«
Ich schüttelte ratlos den Kopf. »Keine Ahnung. Warum?«
Vancha lachte bellend. »Ich weiß auch nicht! Und auch sonst weiß es niemand. Manche behaupten, ein Magier oder eine Hexe hätte uns mit einem Fluch belegt, aber das überzeugt mich nicht: Die Welt ist voll von Dienern der schwarzen Kunst, doch keiner von ihnen hat die Macht, eine derartig tödliche Verwünschung auszusprechen. Ich persönlich habe eher Salvatore Schick im Verdacht.«
»Was hat der denn damit zu tun?«
»Den alten, heute fast vergessenen Vampirlegenden zufolge hat Schick die ersten Vampire erschaffen. Man sagt, er habe mit Wölfen herumexperimentiert und probehalber Wolfs- und Menschenblut gemischt. Das Resultat war …« Er klopfte sich auf die Brust.

»Klingt ziemlich unwahrscheinlich«, meinte ich skeptisch.
»Möglich. Doch wenn die Legenden Recht haben, ist unsere Überempfindlichkeit in punkto Sonnenlicht ebenfalls Schicks Werk. Es heißt, er habe verhindern wollen, dass wir allzu mächtig würden und womöglich die Weltherrschaft übernähmen, deshalb habe er unser Blut vergiftet und uns damit zu Sklaven der Nacht gemacht.« Der Fürst hörte auf, sich mit Speichel einzuschmieren und blinzelte mit zusammengekniffenen Lidern in die Sonne. »Nichts ist so furchtbar wie Sklaverei«, zischte er leise. »Wenn an den alten Geschichten etwas dran ist und Schicks Manipulationen tatsächlich schuld daran sind, dass wir uns nicht frei bewegen können, dann gibt es nur eine Möglichkeit, diese Freiheit wiederzuerlangen – Kämpfen! Wir müssen den Feind stellen und zum Kampf herausfordern.«
»Meinst du damit, wir sollen Salvatore Schick zum Kampf herausfordern?«
»Nicht direkt. Der ist viel zu gerissen – man kriegt ihn einfach nicht zu fassen.«
»Wen dann?«
»Wir müssen seine Dienerin bekämpfen.« Als ich ihn nur verdutzt anstarrte, erläuterte Vancha: »Die Sonne.«
»Die Sonne?«, lachte ich, doch der grünhaarige Fürst blieb ganz ernst.

Ich riss mich zusammen. »Wie kann man denn die Sonne bekämpfen?«
»Ganz einfach. Du trittst ihr mutig entgegen, erträgst sie so lange wie möglich und wiederholst das hartnäckig immer wieder. Schon seit Jahren setze ich mich regelmäßig dem Sonnenlicht aus. Alle paar Wochen gehe ich tagsüber ein Stündchen spazieren, fordere die Sonne zum Zweikampf heraus, lasse mich von ihr verbrennen, härte meine Haut und meine Augen gegen ihre Strahlen ab und prüfe, wie lange ich ihr standhalten kann.«
»Du spinnst doch!«, prustete ich. »Glaubst du wirklich, du kannst die Sonne besiegen?«
»Wieso nicht? Ein Gegner ist ein Gegner. Wenn man ihn zum Kampf herausfordern kann, dann kann man ihn auch besiegen.«
»Und? Hast du schon Fortschritte gemacht?«
»Keine großen«, seufzte Vancha. »Ich bin noch nicht viel weiter als am Anfang. Das Licht macht mich fast blind. Es dauert jedes Mal fast einen ganzen Tag, bis ich wieder richtig sehen kann und die Kopfschmerzen nachlassen. Nach zehn oder fünfzehn Minuten kriege ich einen Sonnenbrand, der rasch ziemlich wehtut. Ein paar Mal habe ich es fast achtzig Minuten lang ausgehalten, aber danach ging es mir so dreckig, dass ich fünf oder sechs Nächte absolute Ruhe brauchte, um mich wieder zu erholen.«

»Seit wann führst du deinen Privatkrieg denn schon?«

»Laß mich überlegen«, dachte er laut nach. »Angefangen habe ich mit ungefähr zweihundert Jahren ...« Die meisten Vampire waren sich über ihr exaktes Alter im Unklaren. Wenn man so lange lebt wie ein Vampir, sind Geburtstage nichts Besonderes mehr. »... und jetzt bin ich schon über dreihundert. Das heißt also seit gut hundert Jahren, um deine Frage genau zu beantworten.«

Ich schnappte nach Luft. »Hundert Jahre! Kennst du die Redensart ›Mit dem Kopf durch die Wand wollen‹?«

»Klar«, griente mein Gegenüber. »Aber vergiss nicht, Darren: Ein Vampirschädel ist so hart, dass man damit Wände einrennen kann!«

Er zwinkerte mir zu und spazierte laut pfeifend davon, bereit für seinen verrückten Zweikampf mit einer riesigen glühenden Gaskugel, die Millionen und Abermillionen Kilometer entfernt war.

KAPITEL 12

Es war Vollmond, als wir Lady Evannas Höhle erreichten. Trotzdem wäre ich glatt an der Lichtung vorbeispaziert, hätte mich Mr. Crepsley nicht angestoßen und gesagt: »Wir sind da.« Später fand ich heraus, dass Evanna einen Tarnzauber ausgesprochen hatte, der bewirkte, dass der Blick über ihren Aufenthaltsort hinwegglitt, wenn man nicht ganz genau wusste, wo man zu suchen hatte. Angestrengt kniff ich die Augen zusammen, doch zuerst sah ich nur Bäume. Dann schwand der Zauber allmählich, die imaginären Bäume lösten sich auf, und ich blickte auf einen kristallklaren Teich hinab, dessen Oberfläche das weiße Mondlicht widerspiegelte. Am gegenüberliegenden Ufer erhob sich ein Hügel, in dessen Hang die dunkle, gewölbte Öffnung einer großen Höhle zu erkennen war. Langsam gingen wir die sanfte Böschung zum Teich hinunter. Plötzlich war die Luft von lautem Quaken erfüllt. Erschrocken blieb ich stehen, doch Vancha beruhigte mich lächelnd: »Das sind bloß die Frösche. Sie warnen Evanna. Sobald sie weiß, wer wir sind, befiehlt sie ihnen, still zu sein.«

Tatsächlich wurde der Froschchor kurz darauf leiser und verstummte schließlich ganz. Wir gingen um den Teich herum, und die beiden älteren Vampire ermahnten Harkat und mich, nicht auf die Frösche zu treten, von denen sich Tausende am Ufer und im kühlen Wasser aufhielten.
»Die Viecher sind mir unheimlich«, raunte Harkat mir zu. »Ich habe den Eindruck … sie beobachten uns.«
»Da liegst du ganz richtig«, bestätigte Vancha. »Sie bewachen den Teich und die Höhle und schützen Evanna vor ungebetenen Besuchern.«
»Was kann ein Haufen Frösche gegen ungebetene Besucher ausrichten?«, bemerkte ich spöttisch.
Vancha blieb stehen und setzte sich einen Frosch auf die Hand. Er hob ihn hoch, so dass ein wenig Mondlicht auf ihn fiel, und drückte ihm die Flanken zusammen. Der Frosch riss das Maul auf, und seine lange Zunge schoss heraus. Vancha hielt die Zunge mit Daumen und Zeigefinger fest, wobei er Acht gab, die Zungenränder nicht zu berühren. »Seht ihr diese Säckchen?«
»Die gelbroten Beulen da am Rand?«, fragte ich zurück. »Was ist damit?«
»Sie enthalten Gift. Wenn der Frosch seine Zunge um deinen Arm oder deine Wade wickelt, platzen die Säckchen auf, und das Gift dringt durch die Haut in dich ein.« Seine Miene verfinsterte sich. »Dreißig Sekunden – und du bist tot.«

Der Vampirfürst setzte das Tier ins Gras zurück und ließ die Zunge vorsichtig los. Der Frosch hüpfte eilig davon. Nach dieser kleinen Lektion passten Harkat und ich höllisch auf, wo wir hintraten!

Vor der Höhle machten wir Halt. Die beiden Vampire hockten sich auf den Boden und setzten ihr Gepäck ab. Dann zog Vancha aus seinem Bündel einen Knochen, auf dem er die vergangenen Nächte herumgekaut hatte, und bearbeitete ihn genüsslich mit den Zähnen. Nur ab und zu nahm er ihn aus dem Mund, um nach einem vereinzelten Frosch zu spucken, der sich in unsere Nähe verirrt hatte.

»Gehen wir denn nicht rein?«, wunderte ich mich.

»Nicht ohne ausdrückliche Aufforderung«, erwiderte mein Mentor. »Evanna mag keine Eindringlinge.«

»Gibt es hier keine Klingel?«

»So etwas braucht Evanna nicht. Sie weiß, dass wir hier sind, und wird uns empfangen, wann sie es für richtig hält.«

»Evanna lässt sich nicht gern drängen«, führte Vancha weiter aus. »Ein Freund von mir hat sich einmal heimlich in die Höhle geschlichen, um sie zu überraschen.« Er nagte noch immer vergnügt an seinem Knochen. »Daraufhin hat sie ihm am ganzen Körper riesige Warzen verpasst. Er sah aus wie ... wie ...« Angestrengt zog er die Stirn kraus. »Es ist schwer zu beschreiben, weil ich so etwas vorher noch nie gesehen hatte – und ich habe schon eine Menge gesehen!«

»Wenn sie so gefährlich ist, sollten wir dann nicht lieber wieder gehen?«, fragte ich ängstlich.

»Uns tut sie nichts«, beruhigte mich Mr. Crepsley. »Sie ist zwar ziemlich aufbrausend, und man sollte sie besser nicht reizen, doch ein Mitglied unseres Clans würde sie nur töten, wenn sie von ihm provoziert wird.«

»Hauptsache, du nennst sie niemals ›Hexe‹«, ermahnte mich Vancha ungefähr zum hundertsten Mal.

Nachdem wir etwa eine halbe Stunde vor der Höhle gewartet hatten, kamen plötzlich Dutzende von Fröschen angehüpft. Sie waren größer als ihre Artgenossen unten am Teich, setzten sich im Kreis um uns herum und glotzten uns an. Ich wollte aufstehen, doch Mr. Crepsley zog mich wieder zu sich herunter. In diesem Augenblick trat eine Frau aus der Höhle. Sie war das hässlichste, ungepflegteste Weib, das ich je gesehen hatte. Von Statur war sie kaum größer als Harkat, und ihr dunkles Haar war lang und zottelig. Dabei war sie äußerst muskulös und besaß dicke, kräftige Beine. Ihre Ohren waren spitz, die Nase so winzig, dass sie eher zwei Löchern über der Oberlippe glich, die Augen waren schmale Schlitze. Als sie näher kam, fiel mir auf, dass ein Auge

braun und das andere grün war. Noch merkwürdiger war jedoch, dass die Farbe ständig wechselte: Im einen Moment war das linke Auge braun, im nächsten das rechte.
Sie war ungewöhnlich stark behaart: Arme und Beine waren mit schwarzem Pelz bedeckt, die Augenbrauen erinnerten an fette Raupen, aus Ohren und Nase sprossen dicke Haarbüschel, sie hatte einen dichten Vollbart, und ihr Schnurrbart hätte selbst Otto von Bismarck kümmerlich dastehen lassen.
Ihre Finger waren erstaunlich kurz und dick. Bei einer Hexe hatte ich eher knochige Klauen erwartet, aber das war wahrscheinlich ein von Kinderbüchern und Comics geprägtes Klischee. Die Nägel waren kurz geschnitten, nur an den beiden kleinen Fingern waren sie lang und spitz.
Sie trug keine altmodischen Gewänder, war aber auch nicht wie Vancha in Tierfelle gehüllt – ihre Kleidung bestand vielmehr aus *Seilen.* Mehrere lange, aus dicken, gelben Hanfsträngen gedrehte Stricke waren um Brust und Unterkörper gewunden und ließen nur Arme, Beine und Bauch frei.
Selbst in meinen wildesten Phantasien hätte ich mir kaum ein Furcht einflößenderes, abstoßenderes Weibsbild ausmalen können. Als sie jetzt auf uns zukam, gurgelten meine Eingeweide vor Anspannung.
»Vampire!«, schnaubte sie ärgerlich und schritt

durch den Kreis aus Fröschen, der sich bereitwillig vor ihren Füßen teilte. »Immer nur hässliche, grässliche Vampire! Warum schauen nicht mal ein paar hübsche Menschen hier vorbei?«

»Wahrscheinlich haben sie Angst, dass du sie frisst«, erwiderte Vancha lachend, stand auf und umarmte sie. Evanna erwiderte die Umarmung unsanft und hob den Vampirfürsten dabei vom Boden hoch.

»Mein kleiner Vancha«, gurrte sie zärtlich, als spräche sie mit einem Baby. »Ihr habt zugenommen, Euer Gnaden.«

»Und Ihr seid hässlicher denn je, Lady«, ächzte der grünhaarige Vampir, während er nach Atem rang.

»Ach, du willst mir nur schmeicheln«, kicherte sie, setzte ihn wieder ab und wandte sich Mr. Crepsley zu. »Larten«, begrüßte sie ihn mit höflichem Nicken.

»Evanna«, gab der Vampir zurück und verbeugte sich. Dann, urplötzlich, trat er nach ihr. Er war schnell, doch die Hexe war noch schneller. Sie schnappte sich sein Bein und verdrehte es. Mein Mentor verlor das Gleichgewicht und landete bäuchlings auf dem Boden. Bevor er sich wieder aufrappeln konnte, hockte Evanna auf seinem Rücken, packte ihn unter dem Kinn und riss ihm grob den Kopf in den Nacken

»Gibst du auf?«, keifte sie.

»Ja!«, keuchte er. Sein Gesicht färbte sich knallrot, aber nicht aus Scham, sondern vor Schmerz.
»Braver Junge«, gluckste Evanna und küsste ihn flüchtig auf die Stirn.
Dann stand sie wieder auf und musterte Harkat und mich neugierig – den Kleinen Kerl mit dem grünen und mich mit dem braunen Auge.
»Lady Evanna«, grüßte ich so respektvoll, wie es mir möglich war, ohne mit den Zähnen zu klappern.
»Freut mich, dich kennen zu lernen, Darren Shan«, erwiderte sie. »Herzlich willkommen.«
»Lady«, sagte jetzt Harkat und verneigte sich tief. Der Kleine Kerl war längst nicht so nervös wie ich.
»Hallo, Harkat.« Evanna verbeugte sich ebenfalls. »Auch du bist herzlich willkommen – wie immer.«
»Wie immer?«, wiederholte der Kleine Kerl.
»Es ist schließlich nicht dein erster Besuch. Du bist ein Verwandlungskünstler – äußerlich und innerlich –, aber ich erkenne dich trotzdem wieder. Das ist eine meiner Gaben. Äußerlichkeiten vermögen mich nicht lange zu täuschen.«
»Heißt das etwa … Ihr wisst, wer ich war … bevor ich ein Kleiner Kerl wurde?«, fragte Harkat ungläubig. Als Evanna nickte, beugte er sich gespannt vor. »Und wer war ich?«
Die Hexe schüttelte den Kopf. »Das darf ich dir nicht sagen. Du musst es selbst herausfinden.«

Harkat wollte protestieren, doch Evanna hatte sich bereits mir zugewandt, trat auf mich zu und packte mein Kinn mit kalten, rauen Fingern. »Das ist also der junge Fürst«, murmelte sie und drehte meinen Kopf erst auf die eine, dann auf die andere Seite. »Ich dachte, du wärst jünger.«

»Auf dem Weg hierher hat ihn die Purifikation erwischt«, erläuterte Mr. Crepsley.

»Ach so.« Sie ließ mich nicht los, und ihre Augen glitten forschend über mein Gesicht, als suchte sie nach einem Zeichen von Schwäche.

Ich hatte das Gefühl, etwas sagen zu müssen. »Also …«, platzte ich mit dem Erstbesten heraus, das mir durch den Kopf ging, »… also Ihr seid eine Hexe, nicht wahr?«

Mr. Crepsley und Vancha stöhnten auf.

Evannas Nüstern blähten sich, und ihr Kopf schoss unvermittelt vor, so dass ihr Gesicht nur noch wenige Millimeter von meinem entfernt war. »*Wie* hast du mich eben genannt?«, zischte sie.

»Ähm … nichts … Tschuldigung. Ich hab's nicht so gemeint. Ich …«

»Das ist eure Schuld!« Sie drehte sich wütend nach den Vampiren um. Die beiden duckten sich. »Ihr habt ihm erzählt, dass ich eine Hexe bin!«

»Aber nein, Evanna«, sagte Vancha hastig.

»Im Gegenteil: Wir haben ihm eingeschärft, Euch *nicht* so zu nennen«, fügte Mr. Crepsley besänftigend hinzu.

»Ich sollte Hackfleisch aus euch machen«, grollte Evanna und stach mit dem kleinen Finger ihrer rechten Hand in die Richtung der beiden. »Nur Darrens Anwesenheit rettet euch – bei unserer ersten Begegnung will ich schließlich nicht gleich einen schlechten Eindruck hinterlassen.« Mit finsterer Miene ließ sie den kleinen Finger wieder sinken. Mr. Crepsley und Vancha waren sichtlich erleichtert. Ich konnte es kaum fassen. Ich hatte gesehen, wie sich mein Meister furchtlos einem schwer bewaffneten Vampyr in den Weg stellte, und ich zweifelte nicht daran, dass auch Vancha in kritischen Situationen stets kühles Blut bewahrte. Nun standen die beiden hier und bibberten vor Angst, bloß weil eine kleine, hässliche Frau mit dem Fingernagel auf sie gezeigt hatte!

Beinahe hätte ich laut losgelacht, doch blitzschnell wandte sich Evanna wieder nach mir um, und das Lachen blieb mir im Halse stecken. Ihr Gesicht hatte sich verändert, und mit dem großen Mund und den langen Reißzähnen glich sie jetzt eher einem Tier als einem Menschen. Instinktiv wich ich einen Schritt zurück. »Pass auf die Frösche auf!«, rief Harkat und packte mich am Arm, damit ich keinen von Evannas giftigen Leibwächtern zertrat.

Erschrocken blickte ich zu Boden. Als ich schließlich aufsah, war Evannas Gesicht wieder wie zuvor. Sie lächelte sogar. »Äußerlichkeiten,

Darren«, sagte sie mit Nachdruck. »Lass dich nie von ihnen täuschen.« Plötzlich flimmerte die Luft um sie herum. Als das Flimmern aufhörte, stand eine hoch gewachsene, gertenschlanke, anmutige Frau mit goldblondem Haar in einem wallenden, weißen Gewand vor mir. Ich war derart baff, dass ich sie bloß mit offenem Mund anstarren konnte, so wunderschön war sie.

Sie schnippte mit den Fingern und nahm wieder ihre vorige Gestalt an.

»Ich bin eine Zauberin«, sagte sie. »Eine Norne. Eine Magierin. Eine Hohepriesterin des Unerklärlichen. Aber ich bin ...«, sie funkelte die beiden Vampire strafend an, »... keine *Hexe*. Ich bin ein Geschöpf mit mannigfaltigen magischen Fähigkeiten, die es mir erlauben, jede nur denkbare Gestalt anzunehmen – jedenfalls in den Augen derer, die mich sehen.«

»Aber warum ...«, entfuhr es mir, bevor ich mich bremsen konnte.

» ... habe ich ausgerechnet diese abscheuliche Gestalt gewählt?«, beendete Evanna den Satz für mich. Ich errötete und nickte stumm. »Ich fühle mich darin wohl. Schönheit bedeutet mir nichts. Das Aussehen spielt für mich so gut wie keine Rolle. Als ich zum ersten Mal menschliche Gestalt annahm, kam das hier dabei heraus, und deshalb kehre ich meistens dazu zurück.«

»Ich hab's lieber, wenn Ihr schön seid«, bemerkte

Vancha und hustete künstlich, als er merkte, dass er laut gedacht hatte.
»Vorsicht, Vancha«, kicherte Evanna, »oder dir passiert dasselbe wie seinerzeit Larten.« Sie blickte mich mit hochgezogenen Augenbrauen an. »Hat er dir schon mal erzählt, wie er zu seiner Narbe gekommen ist?«
Ich betrachtete die lange Narbe auf Mr. Crepsleys linker Gesichtshälfte und schüttelte den Kopf. Der Vampir wurde puterrot vor Verlegenheit. »Bitte nicht, Lady«, flehte er, »sprecht nicht mehr davon. Damals war ich jung und dumm.«
»Das kann man wohl sagen«, stimmte ihm Evanna zu und stieß mich boshaft in die Rippen. »Damals trug ich eins meiner schönen Gesichter. Larten hatte zu viel Wein getrunken und versuchte, mich zu küssen. Da habe ich ihm einen kleinen Kratzer verpasst, um ihm Manieren beizubringen.«
Ich war wie vom Donner gerührt. Ich hatte immer angenommen, die Narbe meines Meisters stamme aus einem Kampf mit einem Vampyr oder einem wilden Tier!
»Ihr seid gemein, Evanna«, schmollte der Vampir und strich sich unglücklich über die linke Wange.
Vancha lachte so unbändig, dass ihm der Rotz aus der Nase lief. »Larten!«, grölte er. »Warte nur, bis ich das den anderen erzähle! Ich hab mich schon immer gefragt, wieso du dich so anstellst, wenn sich jemand nach deiner Narbe erkundigt. Nor-

malerweise prahlen Vampire mit ihren Schrammen, aber du …«

»Halt die Klappe!«, schnauzte Mr. Crepsley den Fürsten mit ungewohnter Heftigkeit an.

»Ich hätte mich ja gern um die Wunde gekümmert«, meldete sich Evanna wieder zu Wort. »Wenn sie sofort genäht worden wäre, dann wäre sie jetzt längst nicht so auffällig. Aber Larten machte sich wie ein geprügelter Hund aus dem Staub und ließ sich dreißig Jahre nicht mehr blicken.«

»Ich dachte, ich sei unerwünscht«, murmelte Mr. Crepsley.

»Armer Larten«, lächelte Evanna ironisch. »In jungen Jahren warst du ein echter Frauenheld, aber …« Sie unterbrach sich und verzog das Gesicht. »Ich wusste doch, dass ich etwas vergessen habe«, schimpfte sie. »Ich wollte es euch gleich bei eurer Ankunft vorführen, und dann ist es mir wieder entfallen.« Sie brummelte noch etwas in ihren Bart, beugte sich zu den Fröschen hinunter und gab gedämpfte Quaklaute von sich.

»Was macht sie da?«, wandte ich mich an Vancha.

»Sie spricht mit den Fröschen«, erwiderte er immer noch grinsend.

Harkat schnappte nach Luft und sank auf die Knie. »Darren!«, rief er aus und zeigte auf einen Frosch. Ich hockte mich neben ihn und sah, dass auf dem Rücken des Tieres mit dunkelgrünen und schwarzen Linien ein geradezu bestürzend ähnliches Porträt von Paris Skyle erschienen war.

»Abgefahren!«, stieß ich hervor und berührte das Bild vorsichtig, bereit, die Hand sofort zurückzuziehen, sobald der Frosch das Maul öffnete. Stirnrunzelnd fuhr ich die Linien ein zweites Mal nach. »He, das ist gar keine Farbe. Ich glaube, es ist eine Art Muttermal.«

»Das ist unmöglich«, widersprach Harkat. »Kein Muttermal kann ... einer Person so ähnlich sehen, schon gar nicht jemandem, den ... huch! Da ist ja noch einer!«

Ich sah in die Richtung, in die sein Finger wies. »Das ist nicht Paris«, stellte ich fest.

»Nein. Aber es ist ein Gesicht. Und da ist noch ein dritter.« Er zeigte auf einen weiteren Frosch.

Ich stand auf und ließ den Blick über den Boden wandern. »Und ein vierter.«

»*Bestimmt* sind sie bloß angemalt«, meinte Harkat.

»Nein«, ertönte eine Stimme. Es war Vancha. Er bückte sich nach einem Frosch und hielt ihn uns hin. Im hellen Mondschein erkannten wir deutlich, dass sich die Linien unter der obersten Hautschicht des Froschrückens befanden.

»Ich habe euch doch erzählt, dass Evanna Frösche züchtet«, meldete sich Mr. Crepsley nun wieder zu Wort. Er nahm Vancha das Tier ab und fuhr mit dem Finger über das grobknochige, bärtige

Gesicht auf dessen Rücken. »Das hier ist so eine Art Mischung aus Natur und Magie. Evanna sucht sich Frösche mit kräftiger Rückenzeichnung, zaubert sie größer und kreuzt sie so lange, bis sie welche mit Gesichtern erhält. Niemand außer ihr besitzt diese Fähigkeit.«

»Das hätten wir.« Evanna drängte sich zwischen Vancha und mir hindurch und schritt gefolgt von neun Fröschen auf Mr. Crepsley zu. »Tut mir ehrlich Leid, dass ich dir damals so einen tiefen Kratzer beigebracht habe, Larten. Ich hätte mich besser beherrschen sollen.«

»Schon vergessen, Lady«, erwiderte Mr. Crepsley liebenswürdig. »Ich habe mich an die Narbe gewöhnt. Ja, ich bin inzwischen sogar stolz darauf«, er warf Vancha einen giftigen Blick zu, »... auch wenn sich gewisse Leute darüber lustig machen.«

»Es wurmt mich trotzdem«, brummte Evanna zerknirscht. »Ich habe dir seitdem immer mal wieder etwas geschenkt, zum Beispiel das faltbare Kochgeschirr, aber das befriedigt mich nicht.«

»Ihr braucht Euch ...«, setzte der Vampir an.

»Lass mich gefälligst ausreden!«, blaffte Evanna. »Vorhin ist mir endlich etwas eingefallen, womit ich meine Unbeherrschtheit wieder gutmachen kann. Du kannst es nicht mitnehmen ... es ist nur ein kleines Zeichen meiner Reue.«

Zweifelnd musterte Mr. Crepsley die Tiere zu sei-

nen Füßen. »Ihr wollt mir doch hoffentlich keine Frösche schenken?«
»Nicht direkt.« Evanna quakte einen kurzen Befehl, und die Amphibien wechselten die Plätze. »Ich habe erfahren, dass Arra Sails vor sechs Jahren im Gefecht mit den Vampyren gefallen ist.«
Bei der Erwähnung von Arras Namen wurde Mr. Crepsleys Miene bekümmert. Er hatte der Vampirin sehr nahe gestanden, und ihr Tod war für ihn ein schwerer Schlag gewesen.
»Sie starb den Heldentod«, sagte er traurig.
»Du besitzt kein persönliches Andenken an sie, oder?«
»Wie soll ich das verstehen?«
»Zum Beispiel eine Locke von ihrem Haar, ihr Lieblingsmesser oder ein Stück Stoff von ihrer Kleidung?«
»Wir Vampire legen keinen Wert auf derlei Sentimentalitäten«, wehrte der Befragte schroff ab.
»Leider«, seufzte Evanna. Die Frösche saßen inzwischen wieder still, und nach einem prüfenden Blick trat die Magierin beiseite.
»Was ist …«, setzte Mr. Crepsley an. Dann verstummte er, als sein Blick auf die Tiere fiel und auf das große Gesicht, das sich auf ihren Rücken ausbreitete.
Es war das Antlitz von Arra Sails, auf jedem Froschrücken ein anderer Abschnitt. Es stimmte bis in die kleinste Einzelheit und war farben-

prächtiger als die anderen Porträts. Evanna hatte verschiedene Gelb-, Blau- und Rottöne verwendet, daher wirkten Augen, Lippen und Wangen äußerst lebensecht. Vampire kann man nicht fotografieren – ihre Moleküle schwirren so unberechenbar umher, dass man sie nicht auf Filmmaterial bannen kann –, doch ähnlicher als das von Evanna geschaffene Abbild Arras hätte kein Foto sein können.

Mr. Crepsley stand da wie angewurzelt. Er kniff die Lippen zu einem schmalen Strich zusammen, doch in seinen Augen standen Bewegtheit, Trauer und ... Liebe.

»Danke, Evanna«, flüsterte er heiser.

»Gern geschehen«, erwiderte sie lächelnd, dann drehte sie sich nach uns anderen um. »Lassen wir ihn eine Weile allein. Kommt mit in die Höhle.«

Wir folgten ihr stumm. Sogar der sonst so vorlaute Vancha March schwieg, blieb nur kurz bei Mr. Crepsley stehen, um ihm freundschaftlich auf die Schulter zu klopfen. Die Frösche hüpften hinter uns drein, abgesehen von jenen neun, deren Rücken Arras Bild trugen. Sie rührten sich nicht vom Fleck, behielten ihre Sitzordnung bei und leisteten dem Vampir Gesellschaft, als er sich nun kummervoll in die Züge seiner verlorenen Gefährtin versenkte und die traurigen Ereignisse der Vergangenheit in Gedanken noch einmal heraufbeschwor.

KAPITEL 13

Evanna hatte einen Willkommensschmaus für uns vorbereitet, der jedoch ausschließlich aus Obst und Gemüse bestand (sie war Vegetarierin und duldete es nicht, dass jemand in ihrer Höhle Fleisch verzehrte). Vancha zog sie damit auf: »Immer noch Kaninchenfutter, Lady?«, doch er langte genauso kräftig zu wie Harkat und ich, beschränkte sich dabei allerdings auf ungekochte Speisen.

»Wie kannst du bloß so was essen?«, fragte ich angeekelt, als er herzhaft in eine rohe Kohlrübe biss.

»Alles Gewöhnungssache«, zwinkerte er mit vollen Backen. »Lecker – ein Wurm!«

Wir waren schon fast fertig, als sich Mr. Crepsley wieder zu uns gesellte. Den Rest der Nacht war er in melancholischer Stimmung, sprach wenig und starrte mit leerem Blick vor sich hin.

Evannas Höhle war weitaus komfortabler ausgestattet als die Kammern und Hallen im Berg der Vampire. Sie hatte es sich richtig gemütlich gemacht: mit weichen Federbetten, prächtigen Gemälden und großen Kerzenleuchtern, die einen rosigen Schimmer verbreiteten. Es gab Sofas, auf denen man sich ausstrecken, und Fächer, mit denen man sich Kühlung verschaffen konnte, dazu exotische Früchte und Wein im Überfluss. Nach so vielen Jahren des wilden, rauen Lebens kam ich mir vor wie in einem Palast.

Während wir uns noch ausruhten und das üppige Mahl verdauten, räusperte sich Vancha und brachte den Grund unseres Kommens vor. »Übrigens, Evanna, wir wollten da etwas mit Euch besprechen …«

Mit einer raschen Handbewegung schnitt sie ihm das Wort ab. »Nicht heute Nacht«, sagte sie mit Nachdruck. »Das Geschäftliche kann bis morgen warten. Heute wollen wir plaudern und es uns gut gehen lassen.«

»Sehr wohl, Lady. Dies hier ist Euer Reich, und ich beuge mich Euren Wünschen.« Vancha ließ sich zurücksinken, rülpste geräuschvoll und sah sich suchend um. Evanna schob ihm eine kleine Silberschale hin. »Ah!«, machte er erfreut. »Ein Spucknapf.« Er beugte sich vor und spie kräftig hinein. Ein leises »Ping« ertönte, und Vancha ächzte behaglich.

»Nach seinem letzten Besuch habe ich tagelang geputzt«, erläuterte Evanna Harkat und mir. »Haufenweise Rotzlachen. Ich hoffe, mit Hilfe des Napfs benimmt er sich etwas zivilisierter. Jetzt brauchen wir nur noch etwas, wo er seine Popel reinschnipsen kann …«

»Beschwert Ihr Euch etwa über mich?«, fragte Vancha misstrauisch.
»Aber nein, Euer Gnaden«, erwiderte Evanna sarkastisch. »Welche Frau würde sich über einen Mann beschweren, der überall in ihrem gemütlichen Heim seinen Nasenschleim verteilt?«
»Für mich seid Ihr keine Frau, Evanna«, konterte er lachend.
»Ach nein?« Ihr Tonfall wurde eisig. »Was denn sonst?«
»Eine Hexe«, sagte er mit gespielter Unschuld, sprang vom Sofa und flitzte aus der Höhle, bevor sie ihm eine Verwünschung entgegenschleudern konnte.
Als Evanna nach einer Weile ihren Sinn für Humor wieder gefunden hatte, huschte Vancha zu seinem Diwan zurück, schüttelte sein Kissen auf, streckte sich aus und knabberte an einer Warze auf seiner linken Handfläche.
»Ich dachte, du schläfst aus Prinzip nur auf dem Fußboden«, bemerkte ich.
»Eigentlich schon«, nickte der Fürst, »aber man soll seine Gastgeberin nicht kränken, besonders dann nicht, wenn es sich um die Gebieterin der Wildnis handelt.«
Neugierig richtete ich mich auf. »Warum nennst du Evanna ›Gebieterin‹? Ist sie denn eine Königin?«
Vanchas Gelächter hallte in der Höhle wider.

»Habt Ihr das gehört, Lady? Der Kleine hält Euch für eine Königin!«

»Was ist daran so komisch?«, fragte Evanna zurück und zwirbelte kokett ihren buschigen Schnurrbart. »Sehen nicht alle Königinnen so aus?«

»Vielleicht ›Unter dem Paradies‹«, kicherte Vancha. Die Vampire glauben, dass die Seelen guter Vampire nach dem Tod in ein Paradies hinter den Sternen eingehen. Eine Hölle gibt es in ihrer Mythologie nicht – es heißt, die Seelen schlechter Vampire bleiben an die Erde gebunden –, doch gelegentlich ist von einem Ort namens ›Unter dem Paradies‹ die Rede.

»Nein«, wandte Vancha sich jetzt wieder ernst an mich. »Evanna ist viel bedeutender und mächtiger als irgendeine dahergelaufene Königin.«

»Na, so was, Vancha«, girrte Evanna. »Das war ja fast ein Kompliment.«

»Ich muss meiner Bewunderung für Euch einfach Luft machen.« Er furzte dröhnend. »Und zwar vorne *und* hinten!«

»Ekelhaft«, schimpfte Evanna, doch sie konnte sich das Lachen kaum verbeißen.

»Auf dem Weg hierher hat sich Darren nach Euch erkundigt«, wandte sich der Vampirfürst wieder an die Lady. »Wir haben ihm nichts über Eure Herkunft erzählt. Wollt Ihr ihn nicht einweihen?«

Evanna schüttelte den Kopf. »Erzähl du's ihm,

Vancha. Ich habe keine Lust. Aber fass dich kurz«, setzte sie noch hinzu, als der Vampirfürst schon den Mund öffnete.

»Mach ich.«

»Und werd ja nicht unverschämt!«

»Aber Lady Evanna!«, schnappte Vancha entrüstet nach Luft. »Ich doch nicht!« Feixend fuhr er sich durch das grüne Haar, überlegte einen Augenblick und begann dann mit so sanfter Stimme zu erzählen, wie ich es bei ihm noch nie gehört hatte. »Aufgemerkt, ihr Kinder!« Er hob ironisch eine Augenbraue und sagte mit normaler Stimme: »So fängt man nämlich an. Die Menschen sagen immer: ›Es war einmal ...‹, aber was wissen die Menschen schon von ...«

»Vancha«, unterbrach ihn Evanna. »Ich sagte: ›Fass dich kurz.‹«

Vancha schnitt eine Grimasse und fing noch einmal von vorn an, wieder mit unnatürlich sanfter Stimme. »Aufgemerkt, ihr Kinder: Wir Geschöpfe der Nacht sind nicht dafür geschaffen, uns fortzupflanzen. Unsere Frauen können keine Kinder gebären, und unsere Männer können keine Kinder zeugen. Das ist schon so, seit der erste Vampir unter dem Mond wandelte, und wir glaubten, es werde immer so bleiben.

Doch vor siebenhundert Jahren lebte einmal ein Vampir namens Corza Jarn. Er war ein ganz gewöhnliches Mitglied unserer Zunft, bis er sich eines Nachts in eine Vampirin namens Sarfa Grall verliebte und sie zu seiner Gefährtin machte. Die beiden waren ein glückliches Paar, jagten und kämpften Seite an Seite, und als ihr erstes Bündnis abgelaufen war, kamen sie überein, es zu erneuern.«

So verhält es sich nämlich mit ›Vampir-Ehen‹: Vampire schließen keinen Bund fürs Leben, sondern treffen mit ihren Gefährten eine Vereinbarung über zehn, fünfzehn oder zwanzig Jahre. Ist diese Frist abgelaufen, können sich die beiden für weitere zehn oder zwanzig Jahre verpflichten, oder aber jeder zieht wieder seines Weges.

»Doch als ihre zweite Frist etwa zur Hälfte abgelaufen war, wurde Corza mit einem Mal unzufrieden«, fuhr Vancha fort. »Er wollte ein Kind von Sarfa und es zusammen mit ihr großziehen. Mit einem Mal fand er sich nicht mit den unserem Geschlecht auferlegten Einschränkungen ab und begab sich auf die Suche nach einem Mittel, das unsere Unfruchtbarkeit heilen könnte. Viele Jahre suchte er vergebens, stets begleitet von der treuen Sarfa. Schon waren hundert Jahre verstrichen. Dann zweihundert. Irgendwann starb Sarfa, doch Corza gab nicht auf – ja, er suchte noch fieberhafter als zuvor. Dann endlich, vor vierhundert Jahren, führte ihn sein Weg zu diesem hinterhältigen Burschen mit der Uhr – Salvatore Schick.

Niemand weiß, wie viel Macht Meister Schick tatsächlich über uns Vampire besitzt. Manche glauben, er habe uns erschaffen, andere wiederum meinen, dass er einst einer von uns war, wieder andere halten ihn einfach für einen interessierten Beobachter. Corza Jarn wusste nicht mehr über Salvatore Schick als alle anderen, doch er war felsenfest davon überzeugt, dass der Magier ihm helfen könne. Und so heftete er sich an seine Fersen, folgte ihm um die ganze Welt und flehte ihn an, unseren Clan vom Fluch der Unfruchtbarkeit zu erlösen.

Zweihundert Jahre lang wies Meister Schick Corza Jarn immer wieder ab und lachte ihn aus. Er riet dem Vampir, der inzwischen alt und schwach und dem Tode nahe war, sein Vorhaben aufzugeben. Es sei unserer Sippe nun einmal nicht beschieden, Kinder zu haben. Doch Corza ließ sich nicht abwimmeln. Er drängte Schick, den Vampiren wenigstens eine Hoffnung zu lassen. Er bot ihm sogar seine Seele zum Tausch dafür an, doch Meister Schick rümpfte nur verächtlich die Nase und sagte, wenn es ihn nach Corzas Seele gelüste, könne er sich ihrer jederzeit bemächtigen.«

»Diesen Teil der Geschichte kenne ich noch gar nicht«, warf Evanna ein.

Vancha zuckte die Achseln. »Legenden ändern sich manchmal. Ich finde es wichtig, die Vampire immer wieder an Salvatore Schicks üblen Charakter zu erinnern, und ich lasse keine Gelegenheit dazu aus.

Doch aus welchem Grund auch immer«, setzte er seine Erzählung fort, »schließlich gab Schick nach. Er versprach Corza, eine Frau zu erschaffen, die das Kind eines Vampirs gebären könne, doch er knüpfte natürlich auch eine Bedingung daran: Entweder würde unser Clan durch diese Frau und ihre Nachkommen noch mächtiger als zuvor – oder aber sie würden uns ins Verderben stürzen!

Diese Bedingung erfüllte Corza mit bösen Vorahnungen, doch er hatte sich so in diesen Wunschgedanken verbissen, dass ihn nichts mehr abschrecken konnte. Er ging auf Schicks Angebot ein und ließ sich von ihm etwas Blut abnehmen. Schick vermischte Corzas Blut mit dem einer trächtigen Wölfin und verzauberte diese anschließend. Die Wölfin schenkte vier Jungen das Leben. Zwei davon kamen tot zur Welt und sahen wie ganz gewöhnliche Welpen aus, doch die beiden anderen lebten ... und glichen Menschen! Das eine war ein Junge, das andere ein *Mädchen.*«

Vancha legte eine Pause ein und blickte Evanna viel sagend an. Harkat und ich folgten seinem Blick. Die Hexe verzog den Mund, erhob sich und verbeugte sich zeremoniell vor uns. »Richtig«, sagte sie. »*Ich* war das struppige kleine Wolfsmädchen.«

»Die Kinder wuchsen rasch heran«, spann Vancha den Faden weiter. »Nach einem Jahr waren sie ausgewachsen und nahmen Abschied von Corza und ihrer Mutter, um in der Wildnis ihr Glück zu versuchen. Der Junge ging als Erster, ohne ein Wort, und niemand weiß, was aus ihm wurde. Bevor Corzas ›Tochter‹ aufbrach, trug sie ihm eine Botschaft für den Vampirclan auf. Er solle seinen Kameraden alles erzählen und ihnen ausrichten, sie sei sich ihrer verantwortungsvollen Aufgabe wohl bewusst. Doch fühle sie sich noch nicht bereit, Mutter zu werden, und noch solle kein Vampir sie zu seiner Gefährtin ausersehen. Sie müsse zuvor noch so manches bedenken, und es könne durchaus hundert Jahre, vielleicht sogar noch länger dauern, bis sie eine Wahl zu treffen in der Lage sei.

Damit verschwand sie und ward vierhundert Jahre lang von keiner Vampirseele mehr gesehen.«

Vancha hielt erneut inne, dachte kurz nach und schnappte sich dann eine Banane, die er sich samt der Schale in den Mund schob. »Ende«, schloss er undeutlich.

»Ende?«, protestierte ich. »Das kann nicht das Ende sein! Was passierte dann? Was hat das Mädchen die ganzen vierhundert Jahre lang gemacht? Hat es sich einen Gefährten gesucht, als es zurückkehrte?«

»Einen Gefährten wählte es sich nicht. Bis heute hat es noch keinen. Und was es die ganze Zeit gemacht hat ...« Er grinste. »Frag es doch selbst.«

Harkat und ich drehten uns nach Evanna um. *»Na?«*, sagten wir wie aus einem Mund.
Die Magierin schob die Lippen vor. »Ich habe einen Namen gewählt.«
Nun musste ich lachen. »Ihr habt vierhundert Jahre gebraucht, um einen *Namen* auszusuchen?«
»Ich gebe zu, ich hatte mir noch mehr vorgenommen, aber das Aussuchen dauerte nun mal so lange. Für jemanden, der eine so schicksalhafte Rolle zu spielen hat wie ich, ist der passende Name sehr wichtig. Ich bin für die Zukunft von großer Bedeutung, und zwar nicht nur für die Zukunft des Vampirclans, sondern für die Zukunft aller Geschöpfe dieser Welt. Der Name, den ich suchte, musste dieser großen Aufgabe angemessen sein. Zu guter Letzt entschied ich mich für ›Evanna‹.« Sie hielt kurz inne. »Ich *glaube* jedenfalls, dass es eine gute Entscheidung war.«
Dann erhob sie sich und zischte ihren Fröschen ein kurzes Kommando zu. Die Tiere hüpften zum Höhleneingang. »Ich muss gehen«, sagte ihre Herrin. »Wir haben genug über die Vergangenheit gesprochen. Ich komme erst morgen Abend wieder. Dann können wir über eure Aufgabe reden und darüber, welche Rolle ich dabei spielen soll.« Damit verließ sie den Raum hinter ihrer vierbeinigen Leibwache und verschwand im schwachen Licht der Morgendämmerung.
Harkat und ich schauten ihr nach. Dann fragte der

Kleine Kerl den Vampirfürsten, ob die Legende, die er uns erzählt hatte, auf der Wahrheit beruhe.
»Sie ist so wahr wie alle anderen Legenden«, erwiderte Vancha munter.
»Wie meint Ihr das?«
»Wie ich schon vorhin sagte: Legenden können sich im Lauf ihrer Überlieferung verändern. Sogar nach Vampirmaßstäben sind siebenhundert Jahre eine lange Zeit. Ist Corza Jarn wirklich Salvatore Schick um die ganze Welt gefolgt? Ist dieser ewige Unruhestifter tatsächlich auf Corzas Bitte eingegangen? Hat eine Wölfin wirklich Evanna und einen Menschenjungen zur Welt gebracht?« Er kratzte sich unter der Achsel, beschnüffelte seine Finger und seufzte. »Nur drei Personen auf der ganzen Welt kennen die Wahrheit: Salvatore Schick, der Junge – falls er noch lebt – und Lady Evanna.«
»Habt Ihr Evanna denn schon mal gefragt, ob an der Geschichte etwas dran ist?«, hakte Harkat nach.
Vancha schüttelte den Kopf. »Ich ziehe eine spannende Geschichte den nüchternen Tatsachen vor.« Damit ließ sich der Vampirfürst wieder zurückplumpsen, schlief wie stets unverzüglich ein und überließ es Harkat und mir, im Flüsterton über den Wahrheitsgehalt des Gehörten zu spekulieren.

KAPITEL 14

Kurz nach Mittag wachten Vancha und ich gleichzeitig auf und fingen im Schatten neben dem Höhleneingang mit dem Training an. Harkat sah uns interessiert zu, wie auch Mr. Crepsley, der am frühen Nachmittag aufstand. Vancha ging zunächst nur mit einem dicken Ast auf mich los; er meinte, es würde Monate dauern, bis er zu richtigen Waffen übergehen könne. Also verbrachte ich den Nachmittag damit, zu beobachten, wie er mit dem Ast nach mir hieb und stieß. Ich selbst brauchte nichts zu tun, ich sollte lediglich die Bewegungen des Holzstücks verfolgen und daraus Rückschlüsse auf die Taktik meines Gegners ziehen.

Das übten wir so lange, bis Evanna etwa eine halbe Stunde vor Sonnenuntergang wieder auftauchte. Sie verlor kein Wort darüber, wo sie gewesen war oder was sie gemacht hatte, und es fragte auch niemand danach.

»Habt ihr euch gut amüsiert?«, erkundigte sie sich und ging mitsamt ihrem Froschgefolge an uns vorbei in die Höhle.

»Prächtig«, gab Vancha zurück und warf den Ast

fort. »Der Junge will nämlich lernen, wie man mit bloßen Händen kämpft.«

»Ist er denn noch zu klein, um ein Schwert zu halten?«

Vancha spielte den Beleidigten. »Sehr witzig.«

Evanna lachte hell auf. »Nimm's mir nicht übel. Aber mir kommt es schrecklich albern vor, wenn Leute mit Schwertern oder von mir aus auch mit bloßen Händen aufeinander losgehen. Zum Kämpfen sollte man den Kopf benutzen.«

»Wie denn?«, fragte ich.

Evanna warf mir einen Blick zu, und plötzlich wich alle Kraft aus meinen Beinen. Ich fiel hin.

»Was war das?«, quiekte ich und wand mich wie ein Fisch auf dem Trockenen. »Was ist mit mir los?«

»Nichts«, entgegnete Evanna, und zu meiner Erleichterung funktionierten meine Beine wieder wie zuvor. »*So* kämpft man mit dem *Kopf*«, fügte sie spitz hinzu, als ich mich aufrappelte. »Dein ganzer Körper wird vom Gehirn gesteuert. Ohne das Gehirn läuft gar nichts. Wenn du mit dem Kopf angreifst, hast du den Sieg schon in der Tasche.«

»Kann ich das auch lernen?«, fragte ich eifrig.

Evanna nickte. »Es würde allerdings ein paar hundert Jahre dauern, und du müsstest die Vampire verlassen und mein Gehilfe werden.« Sie lächelte. »Was meinst du, Darren, wäre es das wert?«

Ich zögerte. Ich hätte liebend gern zaubern ge-

lernt, doch deswegen zu Evanna zu ziehen lockte mich weniger. Sie geriet so leicht in Rage, dass sie vermutlich weder eine besonders verständnisvolle noch eine besonders nachsichtige Lehrerin war!
»Du kannst mir jederzeit Bescheid sagen, falls du deine Meinung änderst. Ich hatte schon lange keinen Gehilfen mehr, und nicht einer von den bisherigen hat die Ausbildung durchgehalten. Alle sind sie nach ein paar Jahren davongelaufen, ich kann mir gar nicht erklären, wieso.« Evanna verschwand in ihrer Höhle. Kurz darauf rief sie uns herein, und wieder hatte sie ein Festmahl aufgetischt.
»Habt Ihr das alles herbeigezaubert?«, erkundigte ich mich, erstaunt, weil sie so wenig Zeit dafür gebraucht hatte.
Sie verneinte. »Geschwindigkeit ist keine Hexerei. Ich habe mich nur ein wenig beeilt.«
Wir tafelten ausgiebig, setzten uns dann ans Feuer und sprachen über Meister Schicks Besuch im Vampirberg. Evanna schien bereits über den Vorfall informiert zu sein, doch sie ließ uns ungehindert berichten und äußerte sich erst dazu, als wir fertig waren. »Die drei Auserwählten«, sinnierte sie. »Ich habe schon viele hundert Jahre auf euch gewartet.«
»Ach, wirklich?« Mr. Crepsley staunte nicht schlecht.
»Ich kann zwar nicht so gut hellsehen wie Sal-

vatore, aber ich erkenne trotzdem manches, was geschehen wird, besser gesagt, was geschehen *könnte*. Ich wusste schon lange, dass drei Krieger ausgesandt würden, um den Vampyrlord zur Strecke zu bringen, ich hatte bloß keine Ahnung, auf wen die Wahl fallen würde.«

»Wisst Ihr denn auch, ob wir es schaffen?«, fragte Vancha gespannt.

»Ich fürchte, das kann nicht einmal Salvatore sagen«, erwiderte unsere Gastgeberin. »Es gibt zwei völlig unterschiedliche Möglichkeiten, wie eure Mission ausgeht, und die eine ist so wahrscheinlich wie die andere. Es kommt nur selten vor, dass sich das Schicksal auf zwei gleichwertige Alternativen beschränkt – für gewöhnlich sind es mehrere. In Fällen wie eurem entscheidet der Zufall.«

»Was ist mit dem Lord der Vampyre?«, wechselte Mr. Crepsley das Thema. »Habt Ihr eine Ahnung, wo er sich aufhält?«

»Ja.« Evanna lächelte geheimnisvoll.

Mr. Crepsley wagte kaum zu atmen.

»Bestimmt wollt Ihr es uns mal wieder nicht verraten«, schnaufte Vancha ärgerlich.

»Genau«, bestätigte sie und grinste noch breiter. Sie hatte so lange, spitze und gelbe Zähne wie ein Wolf.

»Verratet Ihr uns dann wenigstens, wo wir ihn finden?«, ergriff Mr. Crepsley erneut das Wort. »Und wann?«

»Das obliegt mir nicht. Würde ich euch das offenbaren, würde ich damit den Lauf des Schicksals beeinflussen, und das ist nicht erlaubt. Ich werde euch ein Stück begleiten, doch ich darf euch nicht …«

»Ihr wollt mitkommen?«, platzte Vancha heraus.

»Ja, aber nur als Reisegefährtin. An der Suche nach dem Lord beteilige ich mich nicht.«

Die beiden Vampire wechselten einen skeptischen Blick.

»Ihr wart noch nie mit Vampiren unterwegs, Lady«, gab mein ehemaliger Meister zu bedenken.

Evanna lachte bloß. »Ich weiß, wie wichtig ich für eure Sippe bin, und deshalb habe ich allzu engen Kontakt mit den Kindern der Nacht bislang vermieden. Ich habe es satt, von irgendwelchen Vampiren auf Knien angefleht zu werden, ihre Gefährtin zu werden und mit ihnen Kinder in die Welt zu setzen.«

»Aber warum wollt Ihr uns dann begleiten?«, fragte Vancha freiheraus.

»Es gibt da jemanden, den ich wieder sehen möchte. Ich könnte mich auch allein auf die Suche nach ihm begeben, aber zusammen mit euch ist es mir lieber. Ihr werdet schon rechtzeitig erfahren, warum.«

»Hexen sind immer so verdammt geheimniskrämerisch«, beschwerte sich Vancha, doch Evanna ließ sich davon nicht aus der Reserve locken.

»Ihr könnt meine Begleitung auch ablehnen. Ich möchte mich keineswegs aufdrängen.«
»Es ist uns eine Ehre, in Eurer Gesellschaft zu reisen, Lady Evanna«, versicherte Mr. Crepsley eilfertig. »Nehmt es uns bitte nicht übel, falls wir misstrauisch oder unfreundlich gewirkt haben – die Zeiten sind so unsicher, dass man es mit der Vorsicht gelegentlich übertreibt.«
»Schön ausgedrückt, Larten. Wenn so weit alles klar ist, packe ich rasch, dann kann es losgehen.«
»Jetzt schon?«
»Jetzt ist ein ebenso guter Zeitpunkt wie später.«
»Hoffentlich bleiben die Frösche hier«, grummelte Vancha.
»Eigentlich hatte ich nicht vor, sie mitzunehmen, aber jetzt, wo du es sagst ...« Evanna amüsierte sich über sein entsetztes Gesicht. »Kleiner Scherz. Meine Frösche bleiben natürlich hier und hüten mein Anwesen, bis ich wiederkomme.« Sie ging zum Ausgang, blieb stehen, kehrte zurück und setzte sich wieder. »Eins noch«, sagte sie, und ihre ernste Miene ließ uns ahnen, dass nichts Angenehmes folgen würde. »Salvatore hätte euch eigentlich darüber aufklären sollen, doch offenbar hat er es versäumt – er liebt ja solche Spielchen.« Sie machte eine kleine Pause.
»Wovon sprecht Ihr, Lady?«, fragte Vancha beunruhigt.
»Es betrifft die Suche nach dem Lord. Ihren end-

gültigen Ausgang kenne ich nicht, doch ich kann die verschiedenen Möglichkeiten voraussehen und weiß um einiges, was euch bevorsteht.

Zu der Möglichkeit, dass eure Mission Erfolg hat, möchte ich mich nicht äußern – das steht mir wie gesagt nicht zu –, doch sollte sie misslingen …«

Erneut unterbrach sie sich. Dann beugte sie sich vor und ergriff Vanchas beide Hände mit ihrer linken Hand (die plötzlich riesig zu sein schien) und Mr. Crepsleys Hände mit der rechten, heftete den Blick fest auf mich und sprach weiter. »Ich erzähle es euch, weil ich der Meinung bin, ihr solltet es wissen. Ich will euch damit nicht erschrecken, sondern nur darauf vorbereiten, falls es zum Schlimmsten kommt.

Viermal werdet ihr dem Lord der Vampyre begegnen, und jedes Mal habt ihr Gelegenheit, ihn zu töten. Versagt ihr, obsiegen die Vampyre im Krieg der Narben. Das alles ist euch nicht neu.

Doch Salvatore hat euch verschwiegen, dass am Ende eurer Mission, wenn ihr dem Lord also viermal begegnet seid und ihn trotzdem nicht vernichtet habt, nur ein Einziger von euch am Leben bleibt, um den Untergang des Vampirclans mit anzusehen.« Sie senkte den Blick, ließ die Hände der beiden Vampire los und sagte fast unhörbar: »Die anderen beiden müssen *sterben*.«

KAPITEL 15

Wir waren alle sehr ernst und nachdenklich, als wir Evannas Höhle verließen und um den Teich herumgingen. Schon vor der Prophezeiung der Hexe war uns klar gewesen, dass unsere Unternehmung äußerst riskant war und jederzeit einer oder mehrere von uns dabei den Tod finden konnten. Doch es ist etwas ganz anderes, den eigenen Tod in Erwägung zu ziehen, als die Gewissheit zu haben, dass er im Falle eines Scheiterns unausweichlich ist.

In jener Nacht schlugen wir keine bestimmte Richtung ein. Wir wanderten ziellos durch die Dunkelheit, schweigend und in uns gekehrt. Harkat war der Einzige von uns, den Evannas Weissagung nicht betraf, da er kein Vampir war, doch er war genauso durcheinander wie wir anderen.

Als der Morgen dämmerte und wir unser Lager aufschlugen, brach Vancha überraschend in lautes Gelächter aus. »Wir sind vielleicht eine schöne Reisegesellschaft!«, prustete er. »Da lassen wir die ganze Nacht die Köpfe hängen wie auf einer Beerdigung. Was sind wir doch für Blödmänner!«

»Findet Ihr es etwa komisch, dem sicheren Tod entgegenzugehen, Euer Gnaden?«, fragte Mr. Crepsley pikiert.
»Bei Charnas Eingeweiden!«, fluchte der Vampirfürst. »Das Risiko bestand doch von Anfang an – der einzige Unterschied ist, dass wir jetzt darüber Bescheid wissen.«
»Wissen ... kann etwas sehr Gefährliches sein«, warf Harkat ein.
»Das ist eine ziemlich menschliche Einstellung«, entgegnete Vancha ungehalten. »Mir ist es lieber, ich weiß, was auf mich zukommt – sei es nun gut oder schlecht. Evanna hat uns einen echten Gefallen getan.«
»Wieso das denn nun wieder?«, fragte ich.
»Sie hat noch einmal bestätigt, dass wir dem Vampyrlord viermal begegnen werden. Macht euch das bitte klar: Viermal haben wir Gelegenheit, ihn zu stellen und zu überwältigen. Vielleicht entkommt er uns einmal. Vielleicht auch zweimal. Doch es ist ziemlich unwahrscheinlich, dass er uns viermal hintereinander entwischt.«
»Aber er ist nicht allein unterwegs«, gab Mr. Crepsley zu bedenken. »Er wird von einer Leibgarde bewacht, und sämtliche Vampyre in der Nähe werden ihm unverzüglich zu Hilfe eilen.«
»Wie kommst du denn darauf?«, fragte Vancha herausfordernd.

»Er ist schließlich ihr Anführer. Zu seinem Schutz werden sie jederzeit ihr Leben riskieren.«

»Stehen *unsere* Kameraden uns denn auch bei, wenn *wir* in Schwierigkeiten geraten?«, konterte der grünhaarige Fürst.

»Nein, aber das liegt bloß daran, dass ...« Mr. Crepsley stockte.

» ... Meister Schick es ihnen verboten hat«, beendete Vancha triumphierend den Satz. »Und wenn er nur drei Vampire auf die Suche nach dem Vampyrlord schickt, wäre es doch möglich ...«

»... dass er auch nur drei Vampyren gestattet hat, den Lord zu begleiten!«, setzte nun Mr. Crepsley ganz aufgeregt den angefangenen Satz fort.

»Du hast's erfasst! Deshalb stehen meiner Meinung nach die Chancen, dem Lord den Garaus zu machen, besser denn je. Könnt ihr mir folgen?« Wir drei Zuhörer nickten nachdenklich. »Nehmen wir einmal an, wir vermasseln das Ganze. Wir begegnen ihm viermal, er entkommt uns viermal, und das war's. Was passiert wohl dann?«

»Dann führt der Lord die Vampyre in einen Vernichtungsfeldzug gegen die Vampire«, antwortete ich.

»Gut aufgepasst.« Vancha wurde ernst. »Ehrlich gesagt, halte ich das für totalen Humbug. Es ist mir scheißegal, wie mächtig dieser Lord ist oder was Sal Schick unkt – einen Krieg gegen die Vampyre gewinnen wir auf jeden Fall. Aber falls ich mich irren sollte, kämpfe ich doch lieber für unsere Zukunft und falle in der Schlacht, als dass ich übrig bleibe und zuschaue, wie unsere ganze Welt zusammenkracht.«

»Große Worte«, brummte ich mürrisch.

Vancha ließ sich nicht beirren. »Aber so ist es doch. Möchtest du nicht auch lieber dein Leben in der Schlacht lassen, solange noch Hoffnung auf einen Sieg besteht, als Zeuge des Untergangs unserer Sippe zu werden?« Da ich schwieg, fuhr er fort. »Wenn die Prophezeiungen stimmen und wir tatsächlich scheitern sollten, reiße ich mich nicht darum, das Ende mit eigenen Augen zu verfolgen. Angesichts einer solchen Katastrophe würde ich bloß den Verstand verlieren.

Glaubt mir: Die beiden, die im Falle unseres Scheiterns zu Tode kommen, dürfen sich glücklich schätzen. Vor dem Tod brauchen wir uns nicht zu fürchten – *am Leben zu bleiben* ist das weitaus schlimmere Los!«

An jenem Tag schlief ich nicht viel, da mich Vanchas Worte zu sehr beschäftigten. Den anderen erging es nicht besser, abgesehen von Evanna, die noch lauter schnarchte als der Vampirfürst.

Vancha hatte Recht: Wenn wir unseren Auftrag nicht erfüllen konnten, war der einzige Überlebende unseres Trios am meisten zu bedauern. Er musste den Zerfall des Vampirclans hilflos mit an-

sehen und in Schande weiterleben. Dem war der Tod allemal vorzuziehen.
Doch als wir am Abend aufstanden, hatte sich unsere Stimmung erstaunlicherweise gebessert. Wir fürchteten uns nicht mehr vor dem, was uns bevorstand, sondern konzentrierten uns ganz auf die Frage, wohin wir uns als Nächstes wenden sollten.
»Meister Schick sagte: ›Geht in die Richtung, in die es euch zieht‹«, rief uns Mr. Crepsley ins Gedächtnis. »Er verhieß, das Schicksal werde uns leiten, sofern wir ihm uns nur willig überließen.«
»Du meinst also, wir sollen bei der Suche nach dem Lord nicht systematisch vorgehen?«, vergewisserte sich Vancha.
»Das hat unsere Sippe seit nunmehr sechs Jahren vergeblich versucht. Natürlich müssen wir die Augen offen halten, doch ich schlage vor, dass wir so tun, als gäbe es den Lord gar nicht.«
»Klingt reichlich suspekt«, murrte der Vampirfürst. »Das Schicksal ist ein launischer Gebieter. Was machen wir, wenn es uns nicht den rechten Weg weist? Möchtest du vielleicht nach einem halben Jahr in den Berg zurückkehren und verkünden: ›Tut uns echt Leid, wir sind dem Mistkerl nicht begegnet, so ein Pech!‹«
»Meister Schick hat gesagt: ›Folgt eurem Herzen‹«, wiederholte mein früherer Lehrmeister hartnäckig.

Vancha warf die Arme in die Luft. »Okay, okay – ich ergebe mich. Aber Darren und du, ihr müsst die Route festlegen. Mir haben schon zu viele Frauen bescheinigt, ich sei ein herzloser Schuft.«
Mr. Crepsley lächelte flüchtig. Dann wandte er sich an mich: »Wohin möchtest du, Darren?«
Ich wollte schon die Achseln zucken, da schoss mir ein Bild durch den Kopf: Ein schuppiger Schlangenjunge, der sich mit seiner überlangen Zunge die Nasenlöcher leckte. »Ich wüsste gern, wie es Evra geht«, sagte ich.
Mr. Crepsley nickte beifällig. »Sehr schön. Ich habe mich nämlich letzte Nacht gefragt, was wohl aus meinem alten Freund Hibernius Riesig geworden ist. Harkat?«
»Klingt gut.«
»Nun denn.« Mr. Crepsley drehte sich zu Vancha um und gab die Anweisung: »Auf zum Cirque Du Freak, Euer Gnaden.«
Somit stand unser nächstes Ziel fest, und das Schicksal konnte seinen Lauf nehmen.

KAPITEL 16

Mr. Crepsley gelang es, sich in Meister Riesigs Gedanken einzuklinken und den Aufenthaltsort des Cirque Du Freak ausfindig zu machen. Der fahrende Zirkus war nicht allzu weit von uns entfernt, so dass wir ihn, wenn wir einen Schritt zulegten, innerhalb von drei Wochen erreichen konnten.

Nach einer Woche waren wir wieder in der Zivilisation angelangt. Als wir in der Nacht an einer Kleinstadt vorüberwanderten, fragte ich Mr. Crepsley, warum wir nicht den Bus oder den Zug nähmen, um schneller zum Cirque Du Freak zu gelangen. »Vancha hält nichts von den Fortbewegungsmitteln der Menschen«, beschied er mich. »Er hat noch nie in einem Auto oder einem Zug gesessen.«

»*Noch nie?*«, fragte ich den barfüßigen Fürsten ungläubig.

»Ich würde ein Automobil nicht einmal anspucken«, erwiderte er. »Grässliche Dinger sind das. Die Form, der Krach, der Gestank …« Er schüttelte sich.

»Was ist mit Flugzeugen?«
»Hätten die Götter der Vampire gewollt, dass wir fliegen, hätten sie uns Flügel gegeben.«
»Wie steht Ihr dazu, Evanna?«, fragte Harkat. »Seid Ihr schon mal geflogen?«
»Nur auf einem Besenstiel«, antwortete sie. Ich war mir nicht sicher, ob das ein Witz war oder nicht.
»Und Sie, Larten?«, erkundigte sich Harkat.
»Einmal, vor langer Zeit, als die Gebrüder Wright gerade mit ihren Versuchen anfingen.« Er machte eine kleine Pause. »Wir sind abgestürzt. Zum Glück waren wir nicht sehr hoch, weshalb ich mir keine ernsthaften Verletzungen zuzog. Aber diese neumodischen Apparaturen, die hoch über den Wolken über den Himmel rasen ... lieber nicht.«
»Angst?«, stichelte ich grinsend.
»Gebranntes Kind scheut das Feuer«, antwortete er.
Wir waren einwandfrei eine merkwürdige Truppe. Mit den Menschen hatten wir so gut wie nichts gemein. Sie waren Geschöpfe des technischen Zeitalters, wohingegen wir der Vergangenheit angehörten: Vampire verstehen nichts von Computern, Satellitenschüsseln, Mikrowellenherden und anderen Annehmlichkeiten der modernen Welt. Wir reisten die meiste Zeit zu Fuß, frönten bescheidenen Vorlieben und Vergnügungen und jagten wie wilde Tiere. Wo die Menschen Flug-

zeuge aussandten, um ihre Kriege zu führen, und kämpften, indem sie auf Knöpfe drückten, gingen wir mit Schwertern und bloßen Händen aufeinander los. Vampire und Menschen mochten wohl den gleichen Planeten bewohnen, doch wir lebten in völlig verschiedenen Welten.

Eines Nachmittags erwachte ich, weil Harkat im Schlaf laut stöhnte. Er hatte wieder einen seiner Albträume und warf sich wie im Fieber auf der mit Gras bewachsenen Böschung, auf der er eingeschlafen war, hin und her. Ich beugte mich zu ihm hinüber, um ihn zu wecken. »Warte!«, sagte Evanna. Die Hexe saß in den unteren Ästen eines Baumes und beobachtete Harkat mit unverhohlenem Interesse. Ein Eichhörnchen wühlte in ihrem langen Haar, ein zweites knabberte an den Stricken, die ihr als Kleidung dienten.

»Er hat einen Albtraum«, erklärte ich.

»Kommt das öfter vor?«, wollte sie wissen.

»Fast immer, wenn er schläft. Ich soll ihn aufwecken, wenn ich es mitkriege.« Ich beugte mich wieder vor, um Harkat zu schütteln.

»Warte!«, sagte Evanna abermals und sprang vom Baum herunter. Sie schlich zu uns herüber, kniete sich neben den Kleinen Kerl und legte ihm die drei mittleren Finger ihrer rechten Hand auf die Stirn. Dann schloss sie die Augen und verharrte ungefähr eine Minute reglos, bevor sie die Augen wieder öffnete und ihn losließ. »Drachen«, sagte sie. »Böse Träume. Seine Zeit der Erkenntnis ist nah. Hat Salvatore nichts davon gesagt, dass er aufdecken würde, wer Harkat in seinem früheren Leben gewesen ist?«

»Doch, aber Harkat wollte lieber mit uns auf die Suche nach dem Lord der Vampyre gehen.«

»Eine ebenso edle wie törichte Gesinnung«, meinte sie nachdenklich.

»Würde es seine Qualen lindern, wenn Ihr ihm sagt, wer er mal gewesen ist?«

»Nein. Er muss die Wahrheit selbst herausfinden. Wenn ich mich da einmische, mache ich alles nur noch schlimmer. Es gibt aber eine Möglichkeit, seine Albträume wenigstens zeitweise zu lindern.«

»Welche denn?«

»Jemand, der die Sprache der Drachen spricht, könnte ihm helfen.«

»Wo sollen wir denn jetzt so jemanden auftreiben?«, schnaubte ich, hielt dann jedoch inne. »Könnt Ihr ...?« Ich ließ die Frage in der Luft hängen.

»Ich nicht«, erwiderte sie. »Ich kann mit vielen Tieren reden, aber nicht mit Drachen. Nur wer eine Bindung mit diesen Flugreptilien eingegangen ist, spricht ihre Sprache.« Sie erhob sich. *»Du* könntest ihm helfen.«

»Ich?«, fragte ich erstaunt. »Ich stehe in keinerlei

Verbindung zu Drachen. Ich habe noch nie einen gesehen. Außerdem dachte ich immer, die gibt es nur im Märchen.«

»In dieser Zeit und an diesem Ort schon«, stimmte mir Evanna zu. »Aber es gibt andere Zeiten und Orte, und Bindungen können unwissentlich eingegangen werden.«

Diese Erklärung machte die Sache zwar auch nicht verständlicher, aber wenn ich Harkat irgendwie helfen konnte, dann wollte ich es versuchen. »Sagt mir, was ich tun soll«, murmelte ich.

Evanna lächelte zustimmend und hieß mich die Hände auf Harkats Kopf legen und die Augen schließen. »Konzentriere dich«, sagte sie. »Wir müssen ein Bild finden, an dem du dich festhalten kannst. Wie wäre es mit dem Stein des Blutes? Kannst du dir vorstellen, wie das Blut der Vampire rot und pulsierend durch seine geheimnisvollen Adern fließt?«

»Ja«, erwiderte ich und beschwor den Stein mühelos herauf.

»Denk ganz fest an ihn. Es dauert nicht lange, dann stellen sich unangenehme Empfindungen ein, vielleicht erhältst du sogar einen kurzen Einblick in Harkats Albträume. Ignoriere sie und konzentriere dich ausschließlich auf den Stein. Den Rest erledige ich.«

Ich tat wie geheißen. Zu Anfang war es leicht, aber auf einmal fühlte ich mich ganz seltsam. Die Luft um mich herum schien heißer zu werden, das Atmen fiel mir schwerer. Ich vernahm das Schlagen gewaltiger Flügel und sah aus den Augenwinkeln, wie aus einem blutroten Himmel etwas herabstieß. Ich zuckte zusammen und hätte Harkat beinahe losgelassen, besann mich jedoch auf Evannas Anweisungen und zwang mich dazu, mich erneut auf den Stein des Blutes zu konzentrieren.

Ich merkte, wie etwas unheimlich Riesiges hinter mir landete, und spürte, wie sich heiße Blicke in meinen Rücken bohrten. Dennoch drehte ich mich nicht um und wich auch sonst nicht von der Stelle. Ich rief mir in Erinnerung, dass es sich nur um einen Traum handelte, um eine Illusion, und dachte weiterhin fest an den Stein.

Dann tauchte Harkat vor mir auf, rücklings auf einem Bett aus spitzen Pfählen ausgestreckt, die ihn überall durchbohrten. Er lebte noch, litt jedoch unsagbare Qualen. Er konnte mich nicht sehen, denn die Spitzen zweier Pflöcke ragten aus den Höhlen hervor, in denen eigentlich seine Augen hätten sein müssen.

»Seine Schmerzen sind nichts, verglichen mit dem, was *du* erleiden wirst«, sagte eine Stimme, und als ich den Blick hob, erblickte ich ganz in meiner Nähe eine undeutliche, schattenhafte Gestalt.

»Wer bist du?«, keuchte ich und vergaß den Stein einen Augenblick lang völlig.

»Ich bin der Lord der Tiefroten Nacht«, antwortete die Erscheinung spöttisch.
»Der Lord der Vampyre?«
»Ihr Lord, und auch der aller anderen«, höhnte die Schattengestalt. »Ich habe auf dich gewartet, Fürst der Verdammten. Jetzt habe ich dich – und ich lasse dich nie mehr los!« Der Schattenmann stieß auf mich zu, seine Finger, die aussahen wie zehn lange Klauen, wirkten auf mich wie eine finstere Bedrohung. Rote Augen glühten in der dunklen Höhle seines Gesichts. Einen grauenhaften Augenblick lang glaubte ich, er würde mich packen und verschlingen. Dann wisperte eine feine Stimme – Evannas Stimme: »Es ist nur ein Traum. Er kann dir nichts anhaben – noch nicht –, wenn du dich auf den Stein konzentrierst.«
Ich schloss in meiner Vision die Augen, ignorierte den Angriff des Schattenmannes und konzentrierte mich auf den pulsierenden Stein des Blutes. Ein fauchender Schrei ertönte, und ich spürte, wie eine Woge schäumenden Wahnsinns über mir zusammenschlug. Dann verblasste der Albtraum, und ich war wieder in der richtigen Welt.
»Du kannst die Augen jetzt wieder aufmachen«, sagte Evanna. Meine Lider öffneten sich mechanisch. Ich ließ Harkat los und wischte mir mit den Händen über das Gesicht, als hätte mich etwas Schmutziges berührt. »Du hast dich gut gehalten«, lobte die Hexe.

»Dieses … Ding«, keuchte ich. »Was war das?«
»Der Herr der Vernichtung«, antwortete sie. »Der Gebieter der Schatten. Der Möchtegernherrscher der ewigen Nacht.«
»Er war so mächtig, so böse.«
Sie nickte. »Das wird er sein.«
»Das *wird* er sein?«, echote ich.
»Was du soeben gesehen hast, war eine Ahnung der Zukunft. Der Gebieter der Schatten hat seine Macht noch nicht vollends entfaltet, aber er wird es unweigerlich tun. Das lässt sich nicht verhindern, deshalb solltest du dir deswegen keine Gedanken machen. Jetzt zählt allein die Tatsache, dass dein Freund hier ungestört weiterschläft.«
Ich blickte auf den friedlich schlummernden Harkat hinab. »Geht es ihm jetzt besser?«
»Ja, fürs Erste«, erwiderte Evanna. »Die Albträume kommen wieder, und eines Tages wird er sich seiner Vergangenheit stellen und erfahren müssen, wer er gewesen ist – oder aber dem Wahnsinn verfallen. Momentan jedoch kann er tief und ohne Angstträume schlafen.«
Sie machte sich wieder zu ihrem Baum auf.
»Evanna.« Die Magierin blieb bei meinem leisen Ruf stehen. »Dieser Gebieter der Schatten … Er kam mir irgendwie bekannt vor. Sein Gesicht konnte ich zwar nicht erkennen, aber ich hatte so ein Gefühl, als wäre ich ihm schon einmal begegnet.«

»Das wundert mich nicht«, flüsterte sie zurück. Sie zögerte, überlegte hin und her, wie viel sie mir verraten sollte. »Was ich jetzt sage, bleibt unser kleines Geheimnis«, raunte sie mit warnendem Unterton. »Weiter kann ich beim besten Willen nicht gehen. Du darfst niemandem davon erzählen, nicht einmal Larten oder Vancha.«

»Keine Sorge«, versprach ich.

Ohne sich zu mir umzudrehen, sagte sie: »Die Zukunft ist finster, Darren. Zwei Wege führen dorthin, und beide sind gewunden und voller Gefahren, gepflastert mit den Seelen der Toten. In der einen Version ist der Lord der Vampyre zum Gebieter der Schatten und Herrscher der Finsternis geworden. In der anderen ...«

Sie unterbrach sich und legte den Kopf in den Nacken, als blickte sie auf der Suche nach einer Antwort zum Firmament. »In der anderen ist der Gebieter der Schatten ein anderer. Und zwar *du*.«

Dann ging sie davon, ließ mich zitternd und verwirrt stehen, und mit einem Mal wünschte ich mir von ganzem Herzen, Harkats Stöhnen hätte mich nicht geweckt.

Ein paar Nächte später hatten wir den Cirque Du Freak eingeholt.

Meister Riesig und seine magische Zaubertruppe gastierten außerhalb eines kleinen Dorfes in einer verlassenen Kirche. Als wir ankamen, neigte sich die Vorstellung gerade ihrem Ende zu. Wir schlichen hinein und sahen uns das Finale vom hinteren Teil des Raumes aus an. Sive und Seersa, die Verknoteten Zwillinge, waren gerade auf der Bühne, wickelten sich umeinander und vollbrachten die unglaublichsten akrobatischen Verrenkungen. Nach ihnen erschien Meister Riesig in einem schwarzen Anzug und mit seinem gewohnten roten Hut und Handschuhen, um zu verkünden, dass die Vorstellung damit beendet sei. Die Leute erhoben sich und schoben sich in Richtung Ausgang. Einige beschwerten sich mit gedämpfter Stimme über die schwache letzte Nummer, als plötzlich zwei Schlangen aus dem Deckengebälk glitten und die Menge vor Entsetzen erstarren ließen.

Beim Anblick der Reptilien musste ich grinsen. So endeten die meisten Vorstellungen im Cirque. Die Leute sollten glauben, alles sei vorbei, dann erschienen die Schlangen und jagten dem Publikum einen gehörigen Abschiedsschrecken ein. Bevor die Tiere größeren Schaden anrichten konnten, ging jedoch Evra Von – ihr Herr und Meister – dazwischen und beruhigte sie wieder.

Auch diesmal erschien Evra rechtzeitig, bevor die Schlangen den Fußboden erreicht hatten. Aber er war nicht allein. In seiner Begleitung befand sich ein kleines Kind, das auf eine der Schlangen zuging und sie auf die gleiche Weise zurückhielt wie Evra die seine. Das Kind war neu. Ich nahm an, dass Meister Riesig es irgendwo unterwegs aufgegabelt hatte.

Nachdem sich Evra und der Junge die Schlangen um den eigenen Körper gewickelt hatten, zeigte sich Meister Riesig noch einmal und verkündete den endgültigen Schluss der Vorstellung. Meine Gefährten und ich hielten uns verborgen, bis die begeistert schnatternde Menge an uns vorüber nach draußen geströmt war. Erst als sich Evra und das Kind wieder von den Schlangen befreiten und die Kleider abklopften, trat ich vor. »Evra Von!«, donnerte ich.

Mein Freund wirbelte erschrocken herum. »Wer ist da?« Ich gab ihm keine Antwort, sondern schritt forsch auf ihn zu. Mit einem Mal weiteten sich seine Augen vor freudigem Erstaunen. *»Darren!«,* schrie er und schlang die Arme um mich. Ich drückte ihn fest, ohne mich von seinen schlüpfrigen Schuppen abschrecken zu lassen. Wie freute ich mich, ihn nach so vielen Jahren wieder zu sehen! »Wo hast du denn die ganze Zeit gesteckt?«, stieß er hervor, als wir endlich voneinander abließen. In seinen Augen schimmerten Freudentränen, und auch meine Augen wurden ganz feucht.

»Im Berg der Vampire«, sagte ich leichthin. »Und du?«

»Überall auf der Welt.« Er musterte mich neugierig. »Du bist gewachsen.«

»Erst in letzter Zeit. Aber nicht so sehr wie du.«
Evra war inzwischen zum Mann geworden. Obwohl er nur wenige Jahre älter war als ich und wir damals, als ich mich dem Cirque Du Freak angeschlossen hatte, ziemlich gleich alt ausgesehen hatten, wäre er jetzt glatt als mein Vater durchgegangen.
»Schönen guten Abend, Evra Von«, sagte nun Mr. Crepsley und streckte ihm die Hand hin.
»Larten«, nickte Evra. »Lange ist's her. Schön, dich zu sehen.«
Mr. Crepsley trat ein Stück zur Seite und stellte unsere Gefährten vor. »Ich möchte dich mit Vancha March, Lady Evanna und Harkat Mulds bekannt machen. Letzteren kennst du wahrscheinlich noch.«
»Hallo«, brummte Vancha.
»Sei gegrüßt«, lächelte Evanna.
»Tag, Evra«, sagte Harkat.
Evra stutzte. »Es spricht!«, entfuhr es ihm dann.
»In den letzten Nächten spricht Harkat sogar ziemlich viel«, grinste ich.
»Es hat einen Namen?«
»Hat es«, antwortete Harkat. »Und ›es‹ wäre überaus erfreut ... als ›er‹ bezeichnet zu werden.«
Evra wusste nicht, was er sagen sollte. Als wir noch zusammen gewohnt hatten, war ein Großteil unserer Zeit mit der Besorgung von Nahrungsmitteln für die Kleinen Leute draufgegan-

gen, und damals hatte keiner von ihnen auch nur eine Silbe gesprochen. Jetzt tauchte ich unvermittelt mit einem Kleinen Kerl auf – und zwar mit dem Hinkebein, das wir damals Lefty genannt hatten – und tat so, als sei es völlig selbstverständlich, dass er redete.

»Schön, dass du wieder bei uns bist, Darren«, sagte jemand, und als ich aufblickte, stand ich von Angesicht zu Bauchnabel vor Meister Riesig. Ich hatte ganz vergessen, wie schnell und geräuschlos sich der Direktor des Cirque Du Freak bewegen konnte.

»Meister Riesig«, erwiderte ich und nickte ihm höflich zu, denn ich wusste, dass er Händeschütteln nicht leiden mochte.

Er begrüßte die anderen mit Namen, inklusive Harkat, und als der Kleine Kerl seinen Gruß erwiderte, wirkte Meister Riesig nicht im Mindesten überrascht. »Möchtet ihr etwas essen?«, erkundigte er sich.

»Hervorragende Idee«, antwortete Evanna. »Und anschließend würde ich gern das eine oder andere Wort mit dir wechseln, Hibernius. Wir haben so einiges zu bereden.«

»Allerdings«, pflichtete er ihr ohne mit der Wimper zu zucken bei. »Allerdings.«

Als wir im Gänsemarsch die Kirche verließen, gesellte ich mich zu Evra, um mit ihm über alte Zeiten zu plaudern. Er trug seine Schlange über der

Schulter. Der kleine Junge, der mit ihm aufgetreten war, schloss sich uns am Ausgang an und zog seine Schlange wie ein Spielzeug hinter sich her.
»Darren«, sagte Evra, »ich möchte dir Shancus vorstellen.«
»Hallo, Shancus«, sagte ich und schüttelte dem Jungen die Hand.
»Tach«, erwiderte er. Er hatte das gleiche gelbgrüne Haar, die gleichen schmalen Augen und die gleichen farbenprächtigen Schuppen wie Evra. »Bist du der Darren Shan, nach dem ich benannt wurde?«, wollte er wissen.
Ich blickte Evra von der Seite an. »Bin ich das?«
»Ja«, lachte er. »Shancus ist mein Ältester. Ich fand, es wäre doch ...«
»Ältester?«, unterbrach ich ihn. *»Deiner?* Du bist sein *Vater?«*
»Das will ich doch hoffen«, grinste Evra.
»Aber ... er ist schon so ein großer Junge!«
Bei dieser Bemerkung strahlte Shancus über das ganze Gesicht.
»Er wird demnächst fünf«, sagte Evra. »Er ist ziemlich groß für sein Alter. Ich lasse ihn seit einigen Monaten bei meiner Vorführung mitmachen. Der Junge ist ein Naturtalent.«
Es war nicht zu fassen! Klar, Evra war alt genug, um Familienvater zu sein, eigentlich hätte mich diese Neuigkeit nicht überraschen dürfen. Und doch kam es mir vor, als hätten wir erst vor weni-

gen Monaten als Halbstarke die Gegend unsicher gemacht und uns gefragt, wie es wohl sein würde, wenn wir erst einmal erwachsen wären.

»Du hast noch mehr Kinder?«, fragte ich.

»Zwei«, bestätigte er. »Urcha ist drei, und Lilia wird nächsten Monat zwei.«

»Alles Schlangenkinder?«

»Urcha nicht. Was ihn fürchterlich aufregt, weil er auch so schöne Schuppen haben will, aber wir tun alles, damit er sich ebenso geliebt und außergewöhnlich fühlt wie die beiden anderen.«

»Und *wir*, das heißt ...?«

»Merla und ich. Du kennst sie noch nicht. Sie ist kurz nach deinem Abschied zu unserer Truppe gestoßen. Zwischen uns hat es sofort gefunkt. Sie kann ihre Ohren abnehmen und sie als Mini-Bumerangs einsetzen. Merla wird dir gefallen.«

»Bestimmt!«, lachte ich und folgte Evra, Shancus und den anderen zum Abendessen.

Es war schön, wieder beim Cirque Du Freak zu sein. Die vergangenen anderthalb Wochen war ich wegen dem, was Evanna gesagt hatte, gereizt und launisch gewesen, aber schon nach einer Stunde im Schoß des Cirque waren meine Ängste verflogen. Ich traf viele alte Freunde wieder – Hans Hände, Willi Wunderwanst, Sive und Seersa, Cormac den Vielgliedrigen und Bertha Beißer. Auch der Wolfsmann gehörte noch zur Truppe,

allerdings war mir sein Anblick nicht ganz so lieb wie der der anderen, und ich ging ihm nach Möglichkeit aus dem Weg.
Auch Truska, die sich nach Belieben einen Bart wachsen und die Haare dann wieder ins Gesicht einziehen konnte, war noch dabei und freute sich, mich zu sehen. Sie begrüßte mich in gebrochenem Englisch. Vor sechs Jahren hatte sie die Sprache noch überhaupt nicht beherrscht, doch Evra hatte ihr Unterricht gegeben, und sie machte gute Fortschritte. »Es ist schwer«, sage sie, als wir uns in einem großen, heruntergekommenen Schulgebäude, das dem Cirque als Basislager diente, unter die anderen mischten. »Ich nicht gut mit Sprache. Aber Evra sein geduldig, und ich langsam lernen. Ich noch mache Fehler, aber ...«
»Wir machen doch alle mal Fehler, meine Hübsche«, unterbrach sie Vancha, der wie aus dem Nichts zwischen uns auftauchte. »Und dein größter war der, keinen anständigen Vampir aus mir zu machen, als du die Gelegenheit dazu hattest!« Er schlang die Arme um Truska und küsste sie. Als er wieder von ihr abließ, lachte sie und drohte ihm mit dem Finger.
»Du ungezogen!«, kicherte sie.
»Darf ich daraus schließen, dass ihr beide euch kennt?«, kommentierte ich säuerlich.
»In der Tat«, griente Vancha. »Wir sind alte Bekannte. Wie oft sind wir beide splitterfasernackt

in den tiefen, blauen Ozeanen geschwommen, hä, Truska?«

»Vancha«, rügte sie ihn. »Du versprochen, davon kein Wort erwähnen!«

»Hab ich auch nicht«, kicherte er in sich hinein und unterhielt sich dann in ihrer Muttersprache mit ihr. Es klang, als bellten sich zwei Seehunde an.

Evra stellte mich Merla vor, die sehr freundlich und hübsch war. Er drängte seine Frau, mir ihre abnehmbaren Ohren vorzuführen. Ich gab ihm Recht, sie waren wirklich toll, aber das Angebot, sie wie Bumerangs wegzuschleudern, lehnte ich dankend ab.

Mr. Crepsley freute sich ebenso wie ich, wieder beim Cirque zu sein. Als pflichtbewusster Vampir widmete er den Großteil seines Lebens den Obervampiren und ihrer Sache, doch ich hatte ihn im Verdacht, dass sein Herz insgeheim für den Cirque schlug. Er stand gern auf der Bühne, und ich glaube, seine Auftritte fehlten ihm wirklich sehr. Viele Leute fragten ihn, ob er zu bleiben gedenke, und drückten ihre Enttäuschung aus, als er verneinte. Er tat so, als falle es ihm leicht, aber ich bin sicher, ihr Interesse rührte ihn tief, und wäre es ihm möglich gewesen, wäre er bestimmt beim Cirque geblieben.

Wie immer hielten sich auch einige Kleine Leute bei der Truppe auf, doch Harkat hielt sich von ihnen fern. Ich wollte ihn mit einigen meiner alten Freunde bekannt machen, aber die Zirkusleute fühlten sich in seiner Anwesenheit unwohl – sie waren nicht daran gewöhnt, dass ein Kleiner Kerl redete. Er verbrachte fast die ganze Nacht allein oder in einer Ecke mit Shancus, der von ihm restlos fasziniert war und ihn mit ungehörigen Fragen bombardierte (von denen die meisten damit zu tun hatten, ob er nun ein Mann oder eine Frau war – dabei war er, wie alle Kleinen Leute, weder das eine noch das andere).

Evanna war vielen Mitgliedern des Cirque Du Freak bekannt, obwohl ihr nur wenige schon einmal persönlich begegnet waren, doch schon ihre Eltern, Großeltern oder Urgroßeltern hatten ihnen von Evanna erzählt. Sie verbrachte ein paar Stunden damit, sich mit dem einen oder anderen zu unterhalten und ihre Informationen aufzufrischen (ihr Namens- und Gesichtergedächtnis war beeindruckend), dann sagte sie allen Gute Nacht und schlenderte mit Meister Riesig davon, um mit ihm seltsame, unheimliche und geheimnisvolle Angelegenheiten zu besprechen (oder vielleicht auch nur über Frösche und Zaubertricks zu plaudern).

Erst als der Morgen heraufzog, legten wir uns zur Ruhe. Wir verabschiedeten uns von denen, die immer noch wach waren, dann führte uns Evra zu unseren Zelten. Meister Riesig hatte Mr. Crepsleys Sarg für ihn bereitgehalten, und der Vampir kletterte mit einem Ausdruck uneingeschränkter Zufriedenheit hinein. Vampire lieben ihre Särge auf eine Art und Weise, die kein Mensch je verstehen wird.

Harkat und ich spannten unsere Hängematten in einem Zelt neben dem von Evra und Merla auf. Evanna bezog einen Wohnwagen neben dem von Meister Riesig. Und Vancha ... Als wir ihm am folgenden Abend begegneten, schwor er Stein und Bein, er habe bei Truska geschlafen, und prahlte damit, was er für einen Schlag bei Frauen habe. Doch nach den vielen Blättern und Grashalmen zu urteilen, die sich in seinem Haar und seinem Fellumhang verfangen hatten, hielt ich es für wahrscheinlicher, dass er den Tag allein unter einem Busch zugebracht hatte!

KAPITEL 17

Harkat und ich standen ungefähr eine Stunde vor Sonnenuntergang auf und spazierten mit Evra und Shancus durch das Lager. Ich war unheimlich stolz, dass Evra seinen Erstgeborenen nach mir benannt hatte, und versprach, dem Jungen in Zukunft Geburtstagsgeschenke zu schicken, sofern mir das möglich sein würde. Shancus wollte unbedingt eine Spinne haben (Evra hatte ihm alles über Madame Octa erzählt), aber ich hatte nicht vor, ihm einen der giftigen Achtbeiner aus dem Berg der Vampire zu vermachen. Schließlich wusste ich aus schmerzhafter Erfahrung, wie viel Ärger man sich mit einer Tarantel einhandeln konnte!

Im Cirque Du Freak hatte sich so gut wie nichts verändert. Ein paar neue Nummern waren dazugekommen, ein oder zwei Künstler hatten sich von der Show getrennt, doch im Großen und Ganzen war alles so wie früher. Im Gegensatz zum Cirque hatte *ich* mich jedoch verändert. Das kam mir so richtig zu Bewusstsein, während wir von einem Wohnwagen oder Zelt zum anderen schlenderten und hier und dort Halt machten, um mit den Artisten und Bühnenhelfern zu plaudern. Damals, als ich noch zum Cirque gehörte, war ich jung gewesen, zumindest was mein Äußeres betraf, und die anderen hatten mich wie ein Kind behandelt. Das war jetzt vorbei. Obwohl ich nicht viel älter aussah, musste ich mich in anderer Hinsicht verändert haben, denn niemand behandelte mich mehr von oben herab.

Obwohl ich mich schon seit Jahren als Erwachsener gab, dachte ich zum ersten Mal richtig darüber nach, wie sehr ich mich tatsächlich verändert hatte und dass ich nun nie wieder zu den unbeschwerteren Tagen meiner Kindheit zurückkehren konnte. Wenn ich mich früher darüber beschwert hatte, wie langsam ich älter wurde, hatte mir Mr. Crepsley immer prophezeit, dass einmal die Nacht kommen würde, in der ich mir wünschte, noch einmal jung sein zu dürfen. Jetzt wurde mir klar, wie Recht er gehabt hatte. Meine Kindheit hatte sich elend lang hingezogen, doch innerhalb von ein oder zwei Jahren würde mich die Purifikation sowohl von meinem Menschenblut als auch von meiner Jugend befreien, und danach gab es kein Zurück mehr.

»Du siehst nachdenklich aus«, meinte Evra.

»Ich denke darüber nach, wie sehr sich alles verändert hat«, seufzte ich. »Du bist verheiratet, hast Kinder. Ich habe meine eigenen Sorgen. Früher war das Leben so einfach.«

»So ist es immer, wenn man jung ist«, stimmte mir Evra zu. »Das sage ich Shancus auch ständig, aber er glaubt mir nicht – jedenfalls nicht mehr, als wir damals den Erwachsenen geglaubt haben.«
»Wir werden alt, Evra.«
»Ach was!«, erwiderte er. »Wir werden *älter*. Bis ich alt bin, vergehen noch Jahrzehnte. Und für dich Jahrhunderte.«
Damit hatte er wohl Recht, trotzdem gelang es mir nicht, das Gefühl abzuschütteln, ich sei mit einem Schlag uralt geworden. Mehr als fünfundzwanzig Jahre hatte ich als Kind gelebt und gedacht – Darren Shan, der Kinderfürst! –, doch mit einem Mal kam ich mir überhaupt nicht mehr kindlich vor.
Mr. Crepsley stieß zu uns, als wir gerade rings um ein Lagerfeuer hockten und heiße Würstchen verschlangen. Truska hatte sie gebraten und verteilte sie freigiebig. Der Vampir nahm sich eins, bedankte sich und vertilgte es mit zwei raschen Bissen. »Köstlich«, sagte er, leckte sich die Lippen und wandte sich dann mit einem seltsamen Funkeln in den Augen an mich. »Hast du Lust, heute Abend auf die Bühne zu gehen? Hibernius hat gesagt, wenn wir wollen, dürfen wir auftreten.«
»Was sollen wir denn vorführen?«, fragte ich. »Wir haben Madame Octa nicht mehr.«
»Ich könnte ein paar Zaubertricks vorführen, so

wie damals, als ich zum ersten Mal beim Cirque Du Freak mitmachte. Und du kannst mein Assistent sein. Mit unserer vampirischen Schnelligkeit und Kraft dürften uns ein paar durchaus bemerkenswerte Kunststückchen gelingen.«

»Ich weiß nicht«, meinte ich. »Es ist schon so lange her. Vielleicht bekomme ich Lampenfieber.«

»Unsinn! Du machst mit. Ein ›Nein‹ will ich gar nicht hören.«

»So gesehen …«, grinste ich.

»Aber bevor wir uns in der Öffentlichkeit zeigen können, müssen wir dich ein bisschen herausputzen«, sagte Mr. Crepsley und musterte mich kritisch. »Ein Haarschnitt und eine Maniküre sind dringend angesagt.«

»Darum kümmere ich mich«, warf Truska ein. »Außerdem ich noch habe Darrens altes Piratenkostüm. Ich kann so ausbessern, dass es passt ihm wieder.«

»Was? Das alte Ding hast du noch?«, fragte ich und erinnerte mich sofort daran, wie cool ich mir damals vorgekommen war, als mich Truska, kurz nachdem ich mich dem Cirque Du Freak angeschlossen hatte, als Pirat ausstaffiert hatte. Als wir zum Berg der Vampire aufbrachen, musste ich das ausgefallene Kostüm leider zurücklassen.

»Ich passe gut auf Sachen auf«, lächelte sie. »Ich hole es und messe dich aus. Vielleicht ist Anzug noch nicht fertig heute Abend, aber morgen bestimmt er passt. Komm zu mir in eine Stunde von jetzt, zum Ausmessen.«

Als Vancha hörte, dass wir auftreten würden, war er neidisch. »Und was ist mit mir?«, knurrte er. »Ich kann auch ein bisschen zaubern. Warum darf ich nicht auf die Bühne?«

Mr. Crepsley starrte den grünhaarigen Fürsten mit den nackten Füßen, den schmutzigen Armen und Beinen, dem zerlumpten Fellumhang und den Wurfsternen an und sog schnüffelnd die Luft ein.

Vancha hatte vor sechs Nächten im Regen geduscht, sich seither aber nicht mehr gewaschen.

»Eure Vorzeigbarkeit lässt momentan leider ein wenig zu wünschen übrig, Euer Gnaden«, bemerkte Mr. Crepsley mit gerümpfter Nase.

»Was stimmt denn nicht mit mir?«, wollte Vancha wissen, blickte an sich herab und konnte beim besten Willen nichts Nachteiliges feststellen.

»Wer auf die Bühne will, sollte über ein Minimum an Eleganz verfügen«, sagte Mr. Crepsley. »Euch hingegen fehlt das gewisse *je ne sais quoi.*«

»Davon habe ich noch nie gehört«, mischte ich mich ein. »Ich finde, er würde hervorragend in die Vorstellung passen.«

»Siehst du!«, strahlte Vancha. »Der Junge hat ein Auge für so was.«

»Er könnte den Anfang machen, zusammen mit dem Wolfsmann«, fuhr ich fort und vermochte dabei kaum noch ernst zu bleiben. »Wir könnten die beiden als Brüder vorstellen.«

Vancha funkelte mich böse an, als Mr. Crepsley, Harkat, Evra und Shancus vor Lachen schier platzten. »Ha, ha, was für ein Schlaumeier!«, fauchte er. Dann stürmte er davon, um sich jemanden zu suchen, der sich von ihm vollquatschen ließ.

Zur verabredeten Zeit ging ich zu Truska, damit sie bei mir Maß nehmen und mir die Haare schneiden konnte. Auch Evra und Shancus bereiteten sich auf die Vorstellung vor, während Harkat Mr. Crepsley bei der Suche nach Requisiten für seine Nummer behilflich war.

»Ist das Leben gut zu dir?«, erkundigte sich Truska, als sie mir den frisch nachgewachsenen Pony abschnippelte.

»Es könnte schlechter sein«, antwortete ich.

»Vancha hat erzählt, du jetzt ein Fürst.«

»Eigentlich sollte er das für sich behalten«, beschwerte ich mich.

»Keine Sorge. Ich kann schweigen. Vancha und ich, wir alte Freunde. Er weiß, ich kann bewahren Geheimnis.« Sie senkte die Schere und sah mich eigenartig an. »Hast du Meister Schick gesehen, seit du bist weg?«, fragte sie dann.

»Was für eine seltsame Frage«, erwiderte ich vorsichtig.

»Hier er gewesen, viele Monate her. Hat gesprochen mit Hibernius.«

»Ach?« Das musste vor seiner Reise zum Berg der Vampire gewesen sein.
»Hibernius sehr besorgt nach Besuch. Hat mir erzählt, schlimme Zeiten uns stehen bevor. Hat gesagt, vielleicht ich will gehen zurück zu mein Volk. Hat gesagt, vielleicht es ist sicherer dort.«
»Hat er auch etwas vom ...«, ich senkte die Stimme, » ... vom Lord der Vampyre oder einem Gebieter der Schatten erzählt?«
Truska schüttelte den Kopf. »Er nur sagte, uns allen stehen schlimme Nächte bevor, und ehe alles vorbei, viel Kampf und Tod passiert.« Dann schnippelte sie wieder an meinem Pony herum, und anschließend nahm sie meine Maße für den Anzug.
Als ich Truskas Wohnwagen wieder verließ, dachte ich angestrengt über unsere Unterhaltung nach und machte mich auf die Suche nach Mr. Crepsley. Möglicherweise führten mich meine Füße aufgrund meiner Bedenken direkt zu Meister Riesigs Wohnwagen, vielleicht war es auch nur Zufall. Wie auch immer, ein paar Minuten später drückte ich mich vor seiner Tür herum und überlegte, ob ich meine Fragen direkt an ihn richten sollte.
Während ich noch unentschlossen dastand, ging die Tür auf, und Meister Riesig und Evanna kamen heraus. Die Hexe war in einen dunklen Um-

hang gehüllt und in der finsteren, wolkenverhangenen Nacht beinahe unsichtbar.
»Mir wäre es lieber, du würdest das nicht tun«, sagte Meister Riesig. »Die Vampire stehen seit jeher mit uns auf freundschaftlichem Fuß. Wir sollten ihnen helfen.«
»Wir dürfen nicht für sie Partei ergreifen, Hibernius«, erwiderte Evanna. »Es ist nicht an uns, die Waagschalen des Schicksals zu beeinflussen.«
»Trotzdem«, murmelte er, das lange Gesicht von Sorgenfalten zerfurcht, »auf die anderen zuzugehen und mit ihnen Verhandlungen zu führen … der Gedanke gefällt mir ganz und gar nicht.«
»Wir müssen neutral bleiben«, erwiderte sie beharrlich. »Unter den Geschöpfen der Nacht haben wir weder Freund noch Feind. Wenn du oder ich Partei ergreifen, könnten wir damit alles zerstören. Was uns angeht, müssen wir beide Seiten gleich behandeln, für uns gibt es weder eine gute noch eine böse.«
»Wahrscheinlich hast du Recht. Ich habe zu viel Zeit mit Larten verbracht. Die Freundschaft mit ihm vernebelt mein Urteilsvermögen.«
»Es spricht nichts dagegen, mit diesen Wesen befreundet zu sein«, sagte Evanna. »Aber wir dürfen uns nicht in ihre Auseinandersetzung hineinziehen lassen, jedenfalls so lange nicht, bis sich die Zukunft ein wenig entwirrt hat und wir zu einer solchen Entscheidung gezwungen sind.«

Damit küsste sie Meister Riesig auf die Wange (ich weiß nicht, wie eine kleine Person wie sie bei einem derart langen Kerl so hoch hinaufreichen konnte, aber ihr gelang es irgendwie) und verließ eilig den Lagerplatz. Meister Riesig sah ihr mit unglücklicher Miene nach, schloss sodann die Tür und widmete sich wieder seinen Angelegenheiten.
Ich blieb einen Augenblick reglos stehen und ließ die eigenartige Unterhaltung noch einmal Revue passieren. So ganz genau wusste ich nicht, was hier vor sich ging, aber ich hatte begriffen, dass Evanna etwas zu tun beabsichtigte, mit dem Meister Riesig nicht einverstanden war – etwas, das für die Vampire Schlimmes ahnen ließ.
Als einer der Vampirfürsten hätte ich auf Evannas Rückkehr warten und sie offen auf diese Unterhaltung ansprechen müssen. Es geziemte sich nicht für jemanden meines Ranges, andere zu belauschen, und ganz besonders unangemessen wäre es, das Lager ebenfalls zu verlassen und Evanna nachzuspionieren. Doch Höflichkeit und gute Manieren hatten auf meiner Tugendliste noch nie sehr weit oben rangiert. Ich musste erfahren, was die Magierin im Schilde führte. Lieber sollte sie schlecht von mir denken oder mich sogar für meine Unverschämtheit bestrafen, als dass ich sie entkommen ließ und womöglich eine böse Überraschung erlebte.
Nach dieser Überlegung streifte ich die Schuhe

ab, sauste ihr hinterher und erblickte schon bald ihre über den Kopf gezogene Kapuze, die in der Ferne hinter einem Baum verschwand. Sie bewegte sich sehr rasch, und ich heftete mich so leise wie möglich an ihre Fersen.

Es war nicht leicht, mit Evanna Schritt zu halten. Sie ging schnellen und dabei sicheren Fußes über den Waldboden und hinterließ so gut wie keine Spuren. Hätte die Verfolgungsjagd noch viel länger gedauert, ich hätte sie bestimmt aus den Augen verloren, doch nach drei oder vier Kilometern blieb sie stehen und verschnaufte kurz, bevor sie auf ein Dickicht zuging, laut pfiff und das niedrige Gehölz betrat.

Ich wartete eine Weile, ob sie wieder herauskam, aber nachdem sie verschwunden blieb, folgte ich ihr bis an den Rand des Gehölzes und blieb dort lauschend stehen. Da ich keinen Laut vernahm, schob ich mich zwischen den Bäumen hindurch und schlich vorsichtig weiter. Der Boden war feucht und dämpfte meine Schritte, aber ich ging kein Risiko ein: Evannas Ohren waren mindestens so scharf wie die eines Vampirs – ein knackender Zweig reichte aus, um ihr meine Anwesenheit zu verraten.

Kurz darauf drang das Geräusch einer leise geführten Unterhaltung an meine Ohren. Vor mir befanden sich mehrere Personen, aber sie redeten sehr gedämpft, und ich war noch zu weit entfernt, um ihre Worte zu verstehen. Mit wachsendem Unbehagen schlich ich weiter, bis ich schließlich nahe genug heran war, um mitten in dem kleinen Hain eine Gruppe schattenhafter Gestalten auszumachen.

Aus Angst, entdeckt zu werden, traute ich mich nicht näher heran, ging jedoch in die Hocke und sperrte Augen und Ohren weit auf. Die Stimmen waren immer noch sehr leise, nur gelegentlich erhaschte ich einen Wortfetzen oder einen Halbsatz. Wenn die Fremden lachten, wurden sie etwas lauter, aber selbst dann achteten sie darauf, nicht *zu* laut zu werden.

Nach und nach gewöhnten sich meine Augen an die Dunkelheit, so dass ich die Umrisse besser erkennen konnte. Abgesehen von Evanna, deren Silhouette unverwechselbar war, zählte ich acht Leute, die auf dem Boden saßen, hockten oder lagen. Sieben davon waren groß und kräftig. Die achte Gestalt war schmächtiger. Mit einer Kapuze und einem wallenden Gewand bekleidet, servierte sie den anderen Speisen und Getränke. Es schienen ausnahmslos Männer zu sein.

In der Dunkelheit und auf diese Entfernung konnte ich jedoch nichts Genaueres erkennen. Um mehr herauszufinden, hätte ich entweder sehr viel näher heranschleichen, oder der Mond hätte scheinen müssen. Ein Blick durch das dichte Ge-

äst über mir belehrte mich, dass ich darauf nicht hoffen durfte. Deshalb erhob ich mich leise und wollte gerade den Rückweg antreten.
In diesem Augenblick zündete der Diener in der Kutte eine Kerze an.
»Mach das aus, du Schwachkopf!«, bellte einer der anderen, und eine kräftige Hand schlug die Kerze zu Boden, wo sie ein Fuß sofort brutal austrat.
»Tut mir Leid«, winselte der Diener. »Ich dachte, bei Lady Evanna wären wir in Sicherheit.«
»Wir sind niemals in Sicherheit«, fuhr ihn der stämmige Bursche an. »Merk dir das gefälligst. Und leiste dir nie wieder einen solchen Fehler!«
Die Männer widmeten sich wieder ihrer Unterhaltung mit Evanna, die Stimmen nach wie vor leise und unverständlich, aber inzwischen interessierte mich nicht mehr, was sie zu sagen hatten. Beim kurzen Aufflackern der Kerze hatte ich purpurfarbene Haut erspäht, außerdem rote Augen und rotes Haar. Jetzt wusste ich, wer diese Männer waren und warum Evanna so geheimnisvoll getan hatte – sie war hierher gekommen, um sich mit einer Gruppe *Vampyre* zu treffen!

KAPITEL 18

Verstohlen zog ich mich aus dem Gehölz zurück. Da ich nirgendwo Wachposten sah, rannte ich so schnell ich konnte zum Cirque Du Freak zurück, ohne auch nur einmal zum Verschnaufen oder Nachdenken anzuhalten. Zehn Minuten später erreichte ich das Zeltlager.

Die Vorstellung hatte bereits begonnen. Mr. Crepsley stand in der ehemaligen Sakristei der Kirche und verfolgte, wie Willi Wunderwanst einen Autoreifen futterte. Der Vampir sah in seinem roten Anzug richtig flott aus, außerdem hatte er die Narbe auf seiner Wange mit Blut eingerieben, um die Aufmerksamkeit des Publikums darauf zu lenken, was ihn noch unheimlicher als sonst wirken ließ.

»Wo steckst du denn?«, blaffte er mich an, als ich nach Luft ringend eintrat. »Ich habe dich überall gesucht. Dachte schon, ich müsste allein auftreten. Truska hat dein Piratenkostüm fertig. Wenn wir uns beeilen, können wir …«

»Wo ist Vancha?«, keuchte ich.

»Der schmollt irgendwo«, antwortete Mr.

Crepsley glucksend. »Er hat immer noch nicht …«
»Larten!«, fiel ich ihm ins Wort. Er verstummte und spürte sofort, dass etwas Brenzliges passiert sein musste. Sonst redete ich ihn nämlich nie mit seinem Vornamen an. »Vergessen Sie die Vorstellung. Wir müssen Vancha finden. *Sofort!*«
Mein Mentor stellte keine weiteren Fragen. Nachdem er einen Bühnenarbeiter gebeten hatte, Meister Riesig davon zu unterrichten, dass unsere Nummer ausfiel, ging er mit mir nach draußen. Gemeinsam machten wir uns auf die Suche nach Vancha. Wir fanden ihn mit Harkat in dem Zelt, das ich mir mit dem Kleinen Kerl teilte, wo er Harkat zeigte, wie man Shuriken warf. Mein Freund hatte so seine Probleme damit, denn seine Finger waren zu dick, um die kleinen Sterne richtig zu packen.
»Seht mal, wer da kommt«, höhnte Vancha, als wir eintraten. »Der König der Clowns und seine rechte Hand. Wie läuft das Geschäft, Jungs?«
Ich zog die Plane des Zelteingangs hinter mir zu und ging in die Hocke. Vancha bemerkte meine ernste Miene und legte die Shuriken beiseite. Mit knappen, ruhigen Worten erzählte ich den beiden, was gerade geschehen war. Nachdem ich meinen Bericht beendet hatte, entstand eine kleine Pause, die schließlich Vancha unterbrach, indem er einen Schwall geharnischter Flüche ausstieß.

»Wir hätten ihr von Anfang an nicht trauen dürfen«, knurrte er. »Hexen sind von Natur aus verräterisch. Wahrscheinlich liefert sie uns in diesem Augenblick den Vampyren ans Messer.«

»Das möchte ich bezweifeln«, widersprach Mr. Crepsley. »Wenn Evanna uns schaden wollte, müsste sie wohl kaum die Hilfe der Vampyre in Anspruch nehmen.«

»Glaubst du denn, die haben sich verabredet, um sich über Frösche zu unterhalten?«, brauste Vancha auf.

»Ich weiß nicht, worüber sie sich unterhalten, aber ich glaube nicht, dass Evanna uns verrät«, erwiderte Mr. Crepsley stur.

»Vielleicht sollten wir Meister Riesig fragen«, schlug Harkat vor. »Nach allem, was Darren erzählt hat, weiß er, was Evanna ... vorhat. Vielleicht sagt er es uns.«

Vancha blickte Mr. Crepsley an. »Er ist dein Freund. Wollen wir es versuchen?«

Der Vampir schüttelte den Kopf. »Wenn Hibernius wüsste, dass wir in Gefahr sind, und er uns warnen oder helfen könnte, dann würde er das tun.«

»Na schön.« Vancha grinste entschlossen. »Dann müssen wir es eben selbst erledigen.« Er erhob sich und überprüfte seinen Vorrat an Wurfsternen.

»Sollen wir sie etwa angreifen?«, fragte ich und spürte einen Kloß im Magen.

»Jedenfalls bleiben wir nicht hier sitzen und warten, bis sie uns angreifen!«, entgegnete der Vampirfürst. »Entscheidend ist das Überraschungsmoment. Solange es auf unserer Seite ist, sollten wir es nutzen.«

Mr. Crepsley machte ein besorgtes Gesicht. »Vielleicht haben sie überhaupt nicht vor, uns anzugreifen«, sagte er. »Wir sind erst gestern Abend hier eingetroffen. Sie konnten nicht wissen, dass wir kommen. Ihre Anwesenheit in dieser Gegend muss also gar nichts mit uns zu tun haben.«

»Quatsch!«, heulte Vancha. »Sie sind gekommen, um zu töten, und wenn wir nicht zuerst zuschlagen, fallen sie über uns her, bevor …«

»Da bin ich mir nicht so sicher«, murmelte ich. »Wenn ich noch einmal darüber nachdenke … Sie waren weder auf der Hut noch besonders nervös, überhaupt nicht so, als würden sie sich auf einen Kampf vorbereiten.«

Vancha stieß noch einige weitere Flüche aus und setzte sich dann wieder. »Schön. Nehmen wir an, sie sind nicht hinter uns her. Vielleicht ist es Zufall, und sie wissen überhaupt nicht, dass wir hier sind.« Er beugte sich vor. »Dann wissen sie es spätestens, nachdem Evanna es ihnen aufgetischt hat!«

»Glaubst du, sie erzählt ihnen alles über uns?«, fragte ich.

»Wir wären schön blöd, wenn wir nicht damit

rechneten.« Vancha räusperte sich. »Falls ihr es vergessen habt: Wir befinden uns im Krieg. Ich persönlich habe nichts gegen unsere Blutsverwandten, aber zurzeit sind sie unsere Feinde, denen gegenüber wir keine Gnade walten lassen dürfen. Angenommen, diese Vampyre und ihr Diener haben nichts mit unserer Anwesenheit hier zu tun. Na und? Es ist unsere Pflicht, sie anzugreifen und unschädlich zu machen.«

»Das ist Mord und keine Selbstverteidigung«, sagte Harkat leise.

»Genau«, pflichtete ihm Vancha bei. »Aber wäre es dir lieber, dass sie ein paar von unseren Leuten umbringen? Unsere Aufgabe, den Lord der Vampyre zu finden, hat oberste Priorität, aber wenn sich dabei die Gelegenheit ergibt, ein paar versprengte Gegner auszuschalten, wären wir schön blöd und obendrein Verräter, wenn wir sie nicht nutzten.«

Mr. Crepsley stieß einen Seufzer aus. »Und Evanna? Was ist, wenn sie sich gegen uns entscheidet und auf die Seite der Vampyre schlägt?«

»Dann kämpfen wir eben auch gegen sie«, schnaubte Vancha.

»Was meinst du, wie deine Chancen dabei stehen?«, fragte ihn mein Mentor mit schmalem Lächeln.

»Keine Ahnung. Aber ich kenne meine Pflicht.« Der Vampirfürst stand auf, und diesmal bestand

kein Zweifel an seiner Entschlossenheit. »Ich gehe jetzt Vampyre töten. Wenn ihr mitkommt, gern. Wenn nicht ...« Er zuckte die Achseln.
Mr. Crepsley sah mich an. »Was meinst du, Darren?«
»Ich stimme Vancha zu«, sagte ich langsam. »Wenn wir sie ziehen lassen und sie später Vampire töten, sind wir daran schuld. Außerdem dürfen wir eines nicht vergessen – den Lord der Vampyre.« Mr. Crepsley und Vancha starrten mich an. »Uns ist beschieden, seinen Pfad zu kreuzen, aber ich glaube, wir sollten dem Schicksal ein wenig nachhelfen. Vielleicht wissen diese Vampyre, wo er sich aufhält oder wo er demnächst sein wird. Ich halte es jedenfalls nicht für puren Zufall, dass wir uns hier zur gleichen Zeit wie sie aufhalten. Womöglich will uns das Schicksal auf diese Weise zu ihm führen.«
»Klingt einleuchtend«, brummte Vancha.
»Vielleicht.« Mr. Crepsley klang nicht sehr überzeugt.
»Erinnern Sie sich noch an Meister Schicks Worte?«, fragte ich ihn. »Dass wir unserem Herzen folgen sollen. Mein Herz sagt mir, dass wir uns diesen Vampyren stellen sollten.«
»Meins auch«, meinte Vancha.
»Ich dachte, du hast kein Herz«, brummte Mr. Crepsley und stand auf. »Aber mein Herz verlangt es ebenfalls nach einer Konfrontation,

obwohl mein Kopf dagegen ist. Also gehen wir.«
Vancha grinste blutrünstig, schlug Mr. Crepsley auf die Schulter, und ohne weitere Umstände stahlen wir uns in die Nacht hinaus.

Bei dem Gehölz angekommen, schmiedeten wir einen Plan.
»Wir fallen aus vier verschiedenen Richtungen über sie her«, schlug Vancha vor, der sofort das Kommando übernommen hatte. »Dann glauben sie, wir wären viel mehr.«
»Sie sind insgesamt neun«, hielt Mr. Crepsley fest, »inklusive Evanna. Wie teilen wir sie auf?«
»Zwei Vampyre für dich, zwei für mich und zwei für Harkat. Darren übernimmt den siebten und den Diener – der ist wahrscheinlich ein Halbvampyr oder ein Vampet und dürfte deshalb kein großes Problem darstellen.«
»Und Evanna?«, fragte Mr. Crepsley.
»Auf die sollten wir uns am Ende gemeinsam stürzen«, meinte Vancha.
»Nein«, entschied mein Mentor. »Evanna übernehme ich allein.«
»Sicher?«
Mr. Crepsley nickte.
»Dann müssen wir uns nur noch verteilen und zuschlagen. Geht so dicht heran wie möglich. Ich fange an, indem ich ein paar Shuriken schleudere.

Ich ziele auf Arme und Beine. Sobald ihr Schreie und Flüche hört – schlagt erbarmungslos zu.«
»Es wäre wesentlich einfacher, wenn du auf die Köpfe und Hälse zieltest«, gab ich zu bedenken.
»So kämpfe ich nicht«, knurrte Vancha. »Nur Feiglinge töten einen Gegner, ohne ihm von Angesicht zu Angesicht gegenüberzustehen. Wenn es sein muss, mache ich das auch – so wie bei dem Vampet mit der Handgranate –, ansonsten ziehe ich einen sauberen Kampf jederzeit vor.«
Wir trennten uns und näherten uns dem Wäldchen aus vier Richtungen. Allein fühlte ich mich plötzlich klein und verletzlich, schob diese Gefühle jedoch rasch beiseite und konzentrierte mich auf meinen Auftrag. »Mögen uns die Götter der Vampire leiten und schützen«, murmelte ich leise vor mich hin, bevor ich mit gezogenem Schwert vorrückte.
Die Vampyre und Evanna befanden sich immer noch auf der Lichtung und unterhielten sich leise. Der Mond war inzwischen durch die Wolken gebrochen, und obwohl die Äste das meiste Licht auffingen, war das Gelände heller als noch vor kurzem, als ich allein hier gewesen war.
Ich schob mich so dicht an die Vampyre heran, wie ich es wagte, dann verbarg ich mich hinter einem dicken Baumstamm und wartete. Ringsum war alles still. Ich hatte befürchtet, Harkat, der sich nicht so geräuschlos wie ein Vampir bewegen

konnte, würde die Fremden auf uns aufmerksam machen, doch der Kleine Kerl war überaus vorsichtig und verursachte keinen Laut.

Ich zählte leise in Gedanken. Als ich bei 69 angekommen war, vernahm ich ein pfeifendes Zischen zu meiner Linken, gefolgt von einem erschrockenen Aufschrei. Kaum eine Sekunde später folgten ein zweites Zischen und ein zweiter Aufschrei. Ich packte mein Schwert fester, wirbelte hinter meinem Baum hervor und stürzte mit wildem Gebrüll los.

Die Vampyre reagierten sofort und sprangen, noch bevor wir über ihnen waren, mit gezückten Waffen auf die Beine. Doch Mr. Crepsley und Vancha handelten noch schneller, und als ich meine Klinge mit einem großen, muskulösen Vampyr kreuzte, in dessen linkem Schienbein ein Shuriken steckte, sah ich, wie mein ehemaliger Lehrmeister bereits einem unserer Gegner Bauch und Brust aufschlitzte und ihn damit auf der Stelle tötete, während Vancha einem anderen mit dem Daumen das linke Auge ausstieß, so dass er laut aufheulend zu Boden sank.

Mir blieb gerade genug Zeit, um zu erkennen, dass der Mann auf dem Boden nicht die purpurfarbene Haut der anderen aufwies – es war ein Vampet! –, dann musste ich mich auf den Vampyr vor mir konzentrieren. Er war mindestens zwei Köpfe größer als ich, breitschultriger und wesentlich kräftiger. Doch auf die Größe kam es, wie ich im Berg der Vampire gelernt hatte, nicht unbedingt an, und so wich ich seinen wilden Hieben geschickt aus, duckte mich und stieß meinerseits immer wieder nach ihm, ritzte ihm die Haut an einer Stelle auf und bohrte meine Schwertspitze in eine andere. Er blutete, was seinen Zorn noch mehr anfachte und sowohl seine Treffsicherheit als auch seinen Rhythmus beeinträchtigte. Er fing an, ziellos um sich zu schlagen.

Als ich gerade einen seiner Hiebe parierte, taumelte jemand von hinten gegen mich, und ich kam strauchelnd zu Fall. Blitzschnell rollte ich mich zur Seite, sprang wieder auf und sah einen Vampyr mit blutüberströmtem Gesicht stöhnend zusammenbrechen. Über ihm stand Harkat Mulds mit einer rot verschmierten Axt in der linken Hand und einem verletzten rechten Arm, der schlaff herabhing.

Mein Gegner konzentrierte sich jetzt auf meinen Freund. Mit heiserem Brüllen schlug er nach dem Kopf des Kleinen Kerls. Harkat riss seine Axt rechtzeitig nach oben, ließ sie hoch über seinem Kopf gegen das Schwert klirren und wich dann, um den Vampyr weiter heranzulocken, ein Stück zurück.

Ich blickte mich rasch um und machte mir ein Bild vom Stand der Dinge. Drei oder vier unserer Gegner lagen am Boden, doch der Vampet, der ein

Auge verloren hatte, tastete nach einem Schwert und wirkte, als sei er fest entschlossen, sich sogleich wieder in den Kampf zu stürzen. Mr. Crepsley kämpfte mit einem Vampyr, der eine Vorliebe für Messer zu haben schien, und die beiden wankten hin und her und stießen mit den Klingen nacheinander wie ein Paar Tänzer. Vancha wiederum hatte alle Hände voll mit einem riesigen, axtschwingenden Scheusal zu tun. Obwohl seine Axt doppelt so groß wie die von Harkat war, ließ er sie zwischen seinen gewaltigen Fingern kreisen, als wöge sie überhaupt nichts. Vancha schwitzte und blutete aus einem Schnitt an der Hüfte, wich aber keinen Zentimeter zurück.

Mir gegenüber stand der siebte Vampyr, ein großer, schlanker Bursche mit schmalem Gesicht, langem, zurückgebundenem Haar und einem hellgrünen Anzug. Er beobachtete mit dem unter der Kapuze verborgenen Diener das Kampfgetümmel. Beide hielten lange Schwerter umklammert und sahen aus, als wollten sie sofort fliehen, sollte der Kampf zu ihren Ungunsten ausgehen, oder sich aber ins Geschehen werfen und uns den Rest geben, sobald sich ein Sieg für sie abzeichnete. Eine derartig zynische Taktik widerte mich an. Ich zog ein Messer und schleuderte es nach dem Kopf des Dieners, der nicht viel größer war als ich.

Der kleine Mann in dem wallenden Gewand sah

das Messer kommen und drehte den Kopf aus der Flugbahn. Seine Schnelligkeit verriet mir, dass er eine angezapfte Kreatur der Nacht sein musste – kein Mensch hätte sich so rasch bewegen können. Der Vampyr daneben musterte mich mit finsterem Blick, als ich ein weiteres Messer zog, wartete einen Moment ab und kam dann quer über die Lichtung auf mich zugestürmt, bevor ich auf ihn zielen konnte. Ich ließ das Messer fallen, hob mein Schwert und lenkte seinen Hieb seitlich ab, brachte die Klinge aber kaum noch rechtzeitig wieder hoch, um seinen zweiten Schlag zu parieren. Er war schnell und in der Schwertkunst offensichtlich gut ausgebildet. Ich steckte in der Klemme.

Notgedrungen wich ich vor meinem Gegner zurück, wobei ich mich so gut verteidigte, wie es mir möglich war. Seine Schwertklinge war nur ein verschwommener Strich, wenn sie zuschlug, und obwohl ich mich wacker hielt, hatte sie mich bald erwischt. Ich spürte, wie in meinem linken Oberarm eine Wunde klaffte … dann einen tiefen Stich in meinem rechten Oberschenkel … einen gezackten Schnitt quer über meiner Brust.

Ich stellte mich mit dem Rücken gegen einen Baum und verfing mich dabei mit dem Ärmel des rechten Armes an einem Ast. Der Vampyr stieß mit seiner Klinge nach meinem Gesicht. Ich dachte schon, mein letztes Stündlein habe geschlagen, doch dann kam mein Arm wieder frei, mein Schwert blockte seinen Stoß gerade noch ab und lenkte ihn seitlich zu Boden. In der Hoffnung, mein Gegner würde seine Waffe fallen lassen, drückte ich meine Klinge kräftig nach unten, aber der Vampyr war stärker und riss die seine in einer raschen Gegenbewegung wieder nach oben. Die Schneide glitt der Länge nach an der meinen empor und erzeugte einen wahren Funkenregen. Sie bewegte sich so schnell und mit derartig unerwarteter Wucht, dass sie, statt am Heft meines Schwertes abzuprallen, direkt durch das vergoldete Metall hindurchschnitt – und anschließend durch Haut und Knochen meines schief stehenden rechten Daumens!

Der Daumen flog in hohem Bogen in die Dunkelheit. Ich schrie laut auf. Das Schwert entglitt meinen Fingern, und ich fiel wehrlos zu Boden. Der Vampyr blickte sich lässig um, als stellte ich für ihn keinerlei Bedrohung mehr dar. Mr. Crepsley gewann soeben den Messerkampf, das Gesicht seines Gegners hing in Fetzen. Harkat ignorierte seinen verletzten Arm einfach und begrub die Spitze seiner Axt tief im Bauch des Vampyrs. Obwohl der Getroffene heldenhaft aufbrüllte und weiterfocht, war er eindeutig dem Tod geweiht. Vancha hatte immer noch mit seinem Gegner zu tun, hielt jedoch wacker die Stellung, und wenn Mr. Crepsley oder Harkat ihm zu Hilfe kamen, würden sie den Riesen mit vereinten Kräften sicherlich zu Fall bringen. Der Vampet mit dem ausgestoßenen Auge stand mit einem Schwert in der Hand wieder auf den Beinen, schwankte jedoch unsicher hin und her und würde uns keine großen Schwierigkeiten mehr bereiten.

Während des gesamten Geschehens war Evanna mit unbeteiligtem Gesichtsausdruck auf dem Boden sitzen geblieben, ohne sich in das Kampfgeschehen einzumischen.

Wir waren drauf und dran zu gewinnen, und der Vampyr im grünen Anzug wusste das. Knurrend schlug er noch einmal nach meinem Kopf (er zielte so, dass die Klinge mich enthauptet hätte), doch ich warf mich zur Seite in einen Blätterhaufen. Statt mir nachzusetzen und mir den Rest zu geben, machte der Vampyr kehrt, rannte zu dem vermummten Diener hinüber, hob ein Reserveschwert vom Boden auf und hastete dann zwischen den Bäumen davon, wobei er den Diener vor sich herschubste.

Vor Schmerzen stöhnend kam ich wieder auf die Beine, hob mit zusammengebissenen Zähnen das Messer auf, das ich zuvor fallen gelassen hatte, und ging zu Harkat hinüber, um ihm zu helfen, sich seines Gegners endgültig zu entledigen. Es war nicht gerade eine Heldentat, jemandem ein Messer in den Rücken zu stoßen, aber ich wollte die Schlacht möglichst schnell beenden und empfand keinerlei Mitleid mit dem Vampyr, der kurz erstarrte und dann zusammenbrach, meine Klinge tief zwischen den Schulterblättern.

Mr. Crepsley hatte den Vampyr mit den Messern erledigt und eilte, nachdem er sich mit einem raschen Schnitt durch die Kehle auch des einäugigen Vampets angenommen hatte, Vancha zu Hilfe. In diesem Augenblick erhob sich Evanna und brüllte ihn an: »Willst du deine Klingen etwa auch gegen *mich* erheben, Larten?«

Mr. Crepsley zögerte, die Messer schwankten lauernd in seinen Händen, dann ließ er seine Deckung sinken und beugte vor ihr das Knie: »Mitnichten, Lady«, sagte er leise. »Das werde ich keinesfalls tun.«

»Dann werde auch ich nicht die Hand gegen dich erheben«, gab Evanna zurück und machte sich daran, von einem toten Vampyr zum anderen zu gehen, sich neben die Leichen zu knien, den Todesgruß auszuführen und dabei zu flüstern: »Sei siegreich noch im Tod.«

Mein Mentor erhob sich wieder und betrachtete Vancha, der immer noch mit dem größten Vampyr focht. »Das war knapp, Euer Gnaden«, bemerkte er trocken, als der Riese Vanchas Schädeldecke mit seiner gewaltigen Axt um Haaresbreite verfehlte. Zur Antwort beehrte der Vampirfürst Mr. Crepsley mit einem seiner widerlichsten Flüche. »Würde ich Euch zu nahe treten, wenn ich

Euch meine Hilfe anböte, Euer Gnaden?«, erkundigte sich der Beschimpfte höflich.
»Mach, dass du herkommst!«, knurrte Vancha. »Zwei von ihnen hauen grade ab. Wir müssen ... *Bei Charnas Eingeweiden!«*, schrie er plötzlich auf und duckte sich abermals nur knapp unter der Axt weg.
»Harkat, bleib bei mir«, befahl Mr. Crepsley und setzte sich in Bewegung, um gegen den Riesen anzutreten. »Darren, du verfolgst mit Vancha die beiden anderen.«
»In Ordnung«, erwiderte ich. Dass ich einen Daumen verloren hatte, erwähnte ich nicht; solche Kleinigkeiten spielten in diesem Kampf auf Leben und Tod keine Rolle.
Mr. Crepsley und Harkat attackierten den Riesen jetzt zu zweit, Vancha drehte sich weg, verschnaufte kurz und nickte mir dann zu, bevor er dem flüchtigen Vampyr und dem Diener nachsetzte. Ich hielt mich dicht hinter ihm, saugte an dem blutigen Stumpf, wo zuvor einmal mein Daumen gewesen war, und zog mit der linken Hand ein Messer aus dem Gürtel. Als wir zwischen den Bäumen hervorbrachen, sahen wir die beiden vor uns. Der Diener kletterte gerade auf den Rücken des Vampyrs. Es war klar, dass sie vorhatten davonzuhuschen.
»Das lasst ihr mal schön bleiben!«, knurrte Vancha und schickte einen dunklen Shuriken auf die

Reise. Das Geschoss erwischte den Diener ziemlich weit oben am rechten Schulterblatt. Der Getroffene schrie auf und fiel vom Rücken seines Trägers. Der Vampyr wirbelte herum, bückte sich nach seinem Kameraden, sah Vancha heranstürmen und richtete sich wieder auf. Dann zog er sein Schwert und warf sich ihm entgegen. Ich ließ mich zurückfallen, weil ich Vancha nicht in die Quere kommen wollte, behielt den am Boden liegenden Diener im Auge und wartete erst einmal ab, wie sich der Kampf entwickeln würde.

Als er schon beinahe in Reichweite des Vampyrschwertes war, blieb Vancha plötzlich abrupt stehen, als wäre er gegen eine Wand gelaufen. Ich dachte, er sei von etwas getroffen worden, von einem Messer oder einem Pfeil, aber es sah nicht danach aus. Er stand einfach mit ausgestreckten Armen da und starrte den Vampyr an. Auch sein Gegner rührte sich nicht mehr von der Stelle, die roten Augen weit aufgerissen, das purpurne Gesicht ungläubig verzerrt. Dann senkte er das Schwert, schob es in die Scheide und half dem Diener hoch.

Vancha unternahm nichts, um ihn aufzuhalten.

Hinter mir hörte ich Mr. Crepsley und Harkat aus dem Unterholz brechen. Sie rannten auf uns zu, blieben dann aber neben mir stehen, als sie den Vampyr entkommen sahen. Vancha stand tatenlos da und schaute zu.

»Was zum ...«, hob Mr. Crepsley an, doch in diesem Augenblick erreichte der Vampyr Huschgeschwindigkeit und verschwand.

Vancha drehte sich zu uns um und ließ sich zu Boden fallen. Mein Mentor fluchte – nicht ganz so lästerlich wie Vancha kurz zuvor, aber viel fehlte nicht – und steckte angewidert seine Messer weg.

»Du hast sie entkommen lassen!«, rief er, baute sich vor dem Vampirfürsten auf und sah ihn mit unverhüllter Verachtung an. »*Warum?*«, knurrte er, die Hände zu Fäusten geballt.

»Ich konnte ihn nicht aufhalten«, flüsterte Vancha mit niedergeschlagenem Blick.

»Du hast es nicht einmal versucht!«, tobte Mr. Crepsley.

»Ich konnte nicht gegen ihn kämpfen«, sagte Vancha. »Seit jeher habe ich mich vor dieser Nacht gefürchtet. Ich habe gebetet, sie möge niemals kommen, aber insgeheim wusste ich immer, dass es einmal so weit sein würde.«

»Was soll das Gefasel?«, fuhr ihn Mr. Crepsley an. »Wer war dieser Vampyr? Warum hast du ihn entwischen lassen?«

»Sein Name ist Gannen Harst«, erwiderte Vancha mit leiser, gebrochener Stimme. Als er aufblickte, standen kalte, glitzernde Tränen in seinen Augen. »Er ist mein *Bruder.*«

KAPITEL 19

Eine ganze Weile sagte niemand etwas. Harkat, Mr. Crepsley und ich sahen Vancha staunend an, der den Blick starr auf den Boden gerichtet hatte. Der Mond über uns war hinter dicken Wolkenbänken verschwunden. Als sie sich schließlich teilten, fing der Vampirfürst zu reden an, als hätten ihn die Mondstrahlen dazu ermutigt.

»Mein richtiger Name lautet Vancha Harst«, sagte er. »Ich habe ihn geändert, als ich zum Vampir wurde. Gannen ist ein oder zwei Jahre jünger als ich ... oder umgekehrt? Es ist schon so lange her, ich erinnere mich nicht mehr genau. Als wir aufwuchsen, standen wir einander sehr nahe. Wir machten alles zusammen, wir schlossen uns sogar gemeinsam den Vampyren an.

Der Vampyr, der uns anzapfte, war ein ehrenhafter Mann und guter Lehrer. Er klärte uns genauestens über unser zukünftiges Leben auf. Er erläuterte uns die Gewohnheiten und Überzeugungen der Vampyre, dass sie sich als Hüter der Geschichte betrachteten, indem sie die Erinnerungen derjenigen, die sie aussaugten, in sich aufnahmen.« (Wenn ein Vampir oder Vampyr jemandem Blut abzapft, absorbiert er einen Teil der Seele und der Erinnerungen seines Opfers.) »Er erklärte uns auch, dass die Vampyre ihre Opfer zwar töteten, wenn sie tranken, dass es aber rasch und schmerzlos geschähe.«

»Und deshalb ist es in Ordnung?«, schnaubte ich.

»Für die Vampyre schon«, antwortete Vancha.

»Wie kannst du es wagen ...« Ich war außer mir.

Mr. Crepsley unterbrach mich mit einer knappen Handbewegung. »Wir haben jetzt keine Zeit für moralische Streitgespräche. Lass Vancha weiterreden.«

»Viel mehr gibt es nicht zu erzählen«, sagte Vancha. »Gannen und ich wurden als Halbvampyre angezapft. Gemeinsam dienten wir mehrere Jahre als Gehilfen. Aber ich konnte mich nicht daran gewöhnen, Menschen zu töten. Deshalb stieg ich irgendwann aus.«

»Einfach so?«, fragte Mr. Crepsley skeptisch.

»Nein«, erwiderte Vancha. »Normalerweise lassen die Vampyre keinen Gehilfen am Leben, der sich gegen die Gemeinschaft des Clans entscheidet. Kein Vampyr tötet jemals einen Artgenossen, doch dieses Gesetz gilt nicht für Halbvampyre. Mein Lehrmeister hätte mich umbringen müssen, als ich ihm mitteilte, dass ich nicht mehr wollte. Gannen hat mich gerettet. Er hat um mein Leben gebettelt. Als das nichts half, sagte er, unser Meis-

ter müsse ihn ebenfalls töten. Letztendlich verschonten sie mein Leben, aber sie warnten mich und sagten, ich solle mich in Zukunft von allen Vampyren fern halten, inklusive Gannen, den ich bis heute Nacht nicht wieder gesehen habe.
Mehrere Jahre lang führte ich ein elendes Leben. Ich versuchte mich nach Art der Vampire zu ernähren und diejenigen, die ich anfiel, nicht zu töten, doch das Blut der Vampyre übte einen mächtigen Einfluss aus. Immer wenn ich mich an einem Opfer labte, verlor ich die Kontrolle über mich und tötete es, obwohl ich das nicht wollte. Schließlich beschloss ich, überhaupt kein Blut mehr zu saugen und zu sterben. Damals machte ich die Bekanntschaft von Paris Skyle, der mich unter seine Fittiche nahm.«
»Paris hat dich angezapft?«, staunte Mr. Crepsley.
»Ja.«
»Obwohl er wusste, wer du warst?«
Vancha nickte.
»Wie kann man denn jemanden als Vampir anzapfen, der bereits als Vampyr angezapft ist?«, fragte ich.
»Es funktioniert nur bei Vampyren, die noch nicht vollständig angezapft sind«, erklärte Mr. Crepsley. »Ein Halbvampir kann zum Vampyr werden und umgekehrt, aber das ist gefährlich und wird nicht oft praktiziert. Ich kenne nur drei andere Fälle. Zwei davon endeten tödlich,

sowohl für die Angezapften als auch für den Anzapfer.«

»Paris kannte die Risiken«, sagte Vancha, »klärte mich jedoch erst hinterher darüber auf. Wenn ich gewusst hätte, dass sein Leben dabei auf dem Spiel stand, hätte ich mich niemals darauf eingelassen.«

»Was musste er dafür tun?«, fragte Harkat.

»Mir mein Blut entziehen und dafür seines geben, genau wie beim normalen Anzapfen«, erläuterte Vancha. »Der einzige Unterschied bestand darin, dass die Hälfte meines Blutes vampyrisch war, also giftig für Vampire. Paris übernahm mein verseuchtes Blut, und die Abwehrstoffe in seinem Körper verdünnten es, bis es harmlos war. Aber es hätte ihn genauso gut umbringen können, wie auch sein Blut mich hätte töten können. Doch das Vampirglück war uns hold – wir haben die Prozedur beide überlebt, auch wenn wir große Schmerzen litten.

Nachdem mein Vampyrblut von Paris umgewandelt worden war, bekam ich meine Trinkgewohnheiten endlich in den Griff. Ich lernte viel von Paris, und er bildete mich nach einiger Zeit sogar zum Obervampir aus. Mit Ausnahme der anderen Fürsten weiß niemand über meine frühere Verbindung zu den Vampyren Bescheid.«

»Sie waren mit deiner Umwandlung einverstanden?«, fragte Mr. Crepsley.

»Nachdem ich mich viele Male als würdig erwiesen

hatte – ja. Doch sie machten sich große Sorgen wegen Gannen und befürchteten, meine Loyalität könnte auf die Probe gestellt werden, wenn ich ihm wieder begegnete. So wie es heute Nacht geschehen ist. Aber sie haben mich akzeptiert und gelobt, meine wahre Geschichte geheim zu halten.«

»Warum hat *mich* niemand davon unterrichtet?«, wollte ich wissen.

»Wäre ich zur Zeit deines Aufenthaltes im Berg eingetroffen, wärst du gewiss darüber informiert worden. Aber es geziemt sich nicht, über jemanden zu reden, der nicht anwesend ist.«

»Das ist eine verdammt kitzlige Angelegenheit«, brummte Mr. Crepsley mürrisch. »Ich verstehe sehr gut, weshalb du nichts davon erwähnt hast, aber wenn wir das alles vorher gewusst hätten, hätte *ich* deinen Bruder verfolgt und dir den Riesen im Wäldchen überlassen.«

»Wie hätte ich das denn ahnen können?« Vancha lächelte schwach. »Ich habe sein Gesicht erst gesehen, als ich ihm nah genug war, um ihn zu töten. Ihn hätte ich am allerwenigsten hier erwartet.«

Hinter uns tauchte Evanna zwischen den Bäumen auf, die Finger rot vom Blut der toten Vampyre. Sie hielt etwas in der Hand. Als sie näher kam, erkannte ich, dass es mein abgeschlagener Daumen war. »Den hier hab ich gefunden«, sagte sie und warf ihn mir zu. »Dachte, du willst ihn vielleicht wiederhaben.«

Ich fing den Daumen auf und schaute auf die Stelle, an der er abgetrennt worden war. Solange ich Vanchas Ausführungen zugehört hatte, hatte ich den Schmerz gar nicht bewusst wahrgenommen, doch jetzt fing der Stumpf heftig zu pochen an.

»Können wir ihn wieder annähen?«, stöhnte ich.

»Möglich«, sagte Mr. Crepsley und inspizierte Stumpf und Daumen. »Lady Evanna, Ihr verfügt doch über die Macht, den Finger auf der Stelle und ohne große Mühe wieder anzufügen, oder irre ich mich?«

»Ganz recht«, nickte Evanna, »aber ich tue es nicht. Schnüffler haben keine Vergünstigungen verdient.« Sie drohte mir mit dem Zeigefinger. »Du hättest Spion werden sollen, Darren.« Es war schwer zu sagen, ob sie verärgert oder eher amüsiert war.

Vancha hatte zum Glück Zwirn und eine aus einer Gräte gefertigte Nadel dabei. Und so setzte Mr. Crepsley den Daumen an die richtige Stelle, wo ihn der Fürst dann festnähte, obwohl er in Gedanken ganz woanders war. Es tat mordsmäßig weh, aber ich musste ja nur wegsehen und die Zähne zusammenbeißen. Als die Naht fertig war, rieben die Vampire ihren Speichel rings um die Wunde, um den Heilungsprozess zu beschleunigen, banden den Daumen fest an die anderen Finger, damit der Knochen besser zusammenwuchs, und ließen mich wieder los.

»Mehr können wir nicht für dich tun«, sagte Mr. Crepsley. »Wenn sich die Wunde entzündet, müssen wir ihn wieder abhacken, und du musst ohne ihn auskommen.«

»So ist's recht«, knurrte ich. »Immer positiv denken.«

»Ihr solltet lieber mir den Kopf abhacken«, kommentierte Vancha verbittert. »Ich hätte meine Pflicht über meine verwandtschaftlichen Gefühle stellen sollen. Ich verdiene es nicht, weiterzuleben.«

»Unsinn!«, schnaubte Mr. Crepsley. »Jemand, der seinen Bruder tötet, wäre viel verdammenswerter. Du hast getan, was jeder von uns getan hätte. Durch einen unglücklichen Zufall bist du deinem Bruder ausgerechnet hier begegnet, aber durch deinen Schnitzer ist uns kein Schaden entstanden, und ich glaube …«

Er wurde von Evannas Gelächter unterbrochen. Die Hexe hielt sich kichernd den Bauch, als hätte mein Mentor einen besonders guten Witz gerissen.

»Was ist denn daran so lustig?«, fragte er verdutzt.

»Ach, Larten, wenn du nur wüsstest!«, quietschte sie.

Der Vampir blickte Vancha, Harkat und mich stirnrunzelnd an. »Worüber lacht sie denn so?«

Keiner von uns wusste es.

»Ganz egal, worüber sie lacht«, sagte Vancha und trat herausfordernd auf die Hexe zu, »*mich* würde

vielmehr interessieren, was sie überhaupt hier zu suchen hatte und weshalb sie mit dem Feind in Verbindung steht, obwohl sie die ganze Zeit so getan hat, als wäre sie auf unserer Seite.«
Evanna hörte zu lachen auf und blickte dem Vampirfürst ins Gesicht. Sie wuchs auf magische Weise, wurde immer größer, bis sie wie eine wütend aufgerichtete Kobra mit erhobenem Kopf über ihm aufragte, doch der Fürst zuckte nicht einmal mit der Wimper. Nach und nach wich die drohende Haltung wieder von ihr, und sie kehrte zu ihrer normalen Gestalt zurück. »Ich habe nie behauptet, eure Verbündete zu sein, Vancha«, antwortete sie. »Ich bin mit euch gereist, ich habe mein Brot mit euch gebrochen – aber ich habe nie behauptet, auf eurer Seite zu stehen.«
»Heißt das, du stehst auf *deren* Seite?«, fauchte er.
»Ich stehe auf niemandes Seite«, erwiderte Evanna gelassen. »Der Konflikt zwischen Vampiren und Vampyren interessiert mich nicht die Bohne. Für mich seid ihr nichts als dumme Jungs, die sich prügeln, bis sie irgendwann zur Besinnung kommen und aufhören, sich gegenseitig anzuspucken.«
»Ein interessanter Blickwinkel«, bemerkte Mr. Crepsley ironisch.
»Das verstehe ich nicht«, sagte ich. »Was habt Ihr dann mit den Vampyren zu schaffen gehabt, wenn Ihr nicht auf ihrer Seite steht?«

»Ich habe mich mit ihnen unterhalten, um sie besser einschätzen zu können. So wie ich mich mit euch unterhalten habe. Erst habe ich mit den Jägern zusammengesessen und sie genau studiert, und jetzt habe ich das Gleiche mit den Gejagten getan. Wie auch immer der Krieg der Narben ausgeht, am Ende muss ich mit den Siegern klarkommen. Es ist immer gut, im Vorhinein über das Format derjenigen Bescheid zu wissen, an die deine Zukunft gebunden ist.«

»Werdet ihr daraus schlau?«, fragte Vancha in die Runde.

Evanna grinste höhnisch, sichtlich erfreut über unsere Verwirrung. »Lest ihr tapferen Krieger denn keine Kriminalromane?«, wollte sie wissen. Wir starrten sie verdutzt an. »Wenn ja, hättet ihr inzwischen wahrscheinlich erraten, was hier vor sich geht.«

»Hast du schon mal eine Frau geschlagen?«, erkundigte sich Vancha bei Mr. Crepsley.

»Nein«, erwiderte dieser.

»*Ich* schon«, grunzte Vancha.

»Alles eine Frage des Charakters«, gluckste die Hexe, wurde aber sofort wieder ernst. »Wenn ihr etwas sehr Wertvolles besitzt, nach dem andere suchen, wo wäre wohl das beste Versteck?«

»Wenn dieser Schwachsinn nicht bald aufhört …«, knurrte Vancha warnend.

»Das ist kein Schwachsinn«, unterbrach ihn

Evanna. »Sogar Menschen könnten diese Frage beantworten.«
Wir dachten schweigend darüber nach. Dann hob ich wie in der Schule die Hand und sagte: »Ganz offen, vor aller Augen?«
»Genau.« Evanna applaudierte mir. »Wer etwas sucht – oder auf der Jagd nach etwas ist –, findet das Gesuchte nur selten, wenn es direkt vor seiner Nase liegt. Das Offensichtliche wird nämlich meistens übersehen.«
»Aber was hat das alles mit ...«, setzte Mr. Crepsley an.
»Der Mann in der wallenden Robe ... war kein Diener«, unterbrach ihn Harkat grimmig. Wir drehten uns fragend nach ihm um. »Das ist es ... was wir übersehen haben ... stimmt's?«
»Richtig«, antwortete die Hexe, in deren Stimme jetzt ein versöhnlicher Unterton mitschwang. »Indem sie ihn unterwegs wie einen Diener kleideten und behandelten, wussten die Vampyre, dass er bei einem Überfall als Letzter angegriffen werden würde.« Evanna hielt vier Finger hoch, knickte den Zeigefinger ab und fuhr fort: »Dein Bruder ist nicht weggerannt, weil er Angst hatte, Vancha. Er ist geflohen, um das Leben des Mannes zu retten, den er beschützen musste. Den falschen Diener. Den *Lord der Vampyre!*«

KAPITEL 20

Auf Befehl von Evanna (sie drohte damit, uns zu blenden und taub zu machen, falls wir nicht gehorchten) begruben wir die toten Vampyre und den Vampet auf der Lichtung. Wir hoben tiefe Gräber aus, legten die Toten auf den Rücken, mit dem Gesicht gen Himmel und Paradies, dann schaufelten wir sie zu.

Vancha war untröstlich. Bei unserer Rückkehr zum Cirque Du Freak verlangte er nach einer Flasche Schnaps, schloss sich in einem kleinen Wohnwagen ein und reagierte weder auf Rufen noch auf Klopfen. Er machte sich allein für das Entkommen des Lords verantwortlich. Hätte er seinen Bruder angegriffen, wäre uns der Lord in die Hände gefallen.

Es war die erste der vier uns versprochenen Chancen gewesen, den finsteren Herrscher zu töten, und es fiel schwer, sich eine bessere Gelegenheit auszumalen; sie war uns förmlich in den Schoß gefallen.

Meister Riesig wusste bereits, was vorgefallen war. Er hatte die Konfrontation erwartet und er-

zählte uns, dass die Vampyre dem Cirque schon seit über einem Monat gefolgt seien.
»Also wussten sie, dass wir kommen?«, fragte ich.
»Nein«, antwortete er. »Sie sind uns aus anderen Gründen gefolgt.«
»Aber Sie wussten, dass wir kommen ... oder nicht?«, knurrte Harkat trotzig.
Meister Riesig nickte traurig. »Ich hätte euch gewarnt, aber das hätte schlimme Folgen gehabt. Denjenigen, die in die Zukunft blicken können, ist es verboten, sie zu beeinflussen. Allein Salvatore Schick darf sich direkt in derartige Angelegenheiten einmischen.«
»Weißt du denn, wo die Vampyre jetzt hingegangen sind?«, wollte Mr. Crepsley wissen, »oder wann wir das nächste Mal auf sie stoßen werden?«
Meister Riesig schüttelte den Kopf. »Ich könnte es herausfinden, aber ich lese so wenig wie möglich in der Zukunft. Ich darf euch jedoch verraten, dass Gannen Harst der Hauptmann der Leibgarde des Lords ist. Die sechs, die ihr getötet habt, waren gewöhnliche Wachen, die sich leicht ersetzen lassen. Harst dagegen ist eine wichtige Figur. Er folgt dem Lord überallhin. Wäre er bei dem Gefecht gefallen, hätten sich die Waagschalen der Zukunft sehr zu euren Gunsten geneigt.«
»Wenn nur ich anstelle von Vancha Harst verfolgt hätte«, seufzte Mr. Crepsley.
Evanna, die seit unserer Rückkehr kein Wort

mehr gesagt hatte, schüttelte den Kopf. »Verschwendet eure Zeit nicht damit, verpassten Chancen nachzuweinen«, sagte sie. »Das Schicksal hatte es für dich nicht vorgesehen, dass du Gannen Harst in diesem Stadium der Verfolgungsjagd gegenübertrittst. Für Vancha schon. So stand es geschrieben.«

»Betrachten wir doch mal die guten Seiten des Vorfalls«, warf ich ein. »Wir wissen jetzt, mit wem der Lord der Vampyre unterwegs ist. Wir könnten Gannen Harsts Beschreibung überall verteilen und unseren Leuten auftragen, nach ihm Ausschau zu halten. Außerdem können die Vampyre jetzt den Trick mit der Dienerverkleidung nicht mehr anwenden – beim nächsten Mal sind wir darauf gefasst und wissen, worauf wir zu achten haben.«

»Das stimmt«, nickte Mr. Crepsley. »Außerdem haben wir keine Verluste zu beklagen. Wir sind noch genauso schlagkräftig wie zu Anfang unserer Suche, wir sind ein ganzes Stück schlauer geworden, und uns bleiben immer noch drei Gelegenheiten, ihn zu töten.

»Warum fühlen wir ... uns dann so ... mies?«, fragte Harkat niedergeschlagen.

»Ein Fehlschlag ist immer eine bittere Pille«, erwiderte Mr. Crepsley.

Anschließend versorgten wir unsere Wunden. Der Kleine Kerl hatte einen bösen Schnitt im

Arm, aber wenigstens waren keine Knochen gebrochen. Wir verpassten ihm eine Schlinge, und Mr. Crepsley meinte, in ein paar Nächten müsse er wieder in Ordnung sein. Mein rechter Daumen verfärbte sich widerlich, doch Meister Riesig zufolge war er nicht infiziert und würde wieder gesunden, wenn ich ihm ein wenig Ruhe gönnte.

Gerade als wir uns zum Schlafen hinlegen wollten, hörten wir ein zorniges Brüllen. Wir rannten zwischen den Zelten hindurch (Mr. Crepsley hatte sich einen dicken Umhang über den Kopf geworfen, um sich vor der Morgensonne zu schützen) und entdeckten Vancha am Rande des Lagers, wo er sich die Kleider vom Leib riss. Neben ihm stand die leere Schnapsflasche auf der Erde.

»Verbrenn mich!«, brüllte er die Sonne an. »Es ist mir egal! Mach doch mit mir, was du willst! Du wirst schon sehen, ob es mir etwas …«

»Vancha!«, fuhr ihn Mr. Crepsley an. »Was treibst du denn da?«

Der Fürst wirbelte herum, schnappte sich die Flasche und streckte sie meinem Mentor wie eine Waffe entgegen. »Bleib weg!«, fauchte er. »Wenn du versuchst, mich daran zu hindern, bringe ich dich um!«

Mr. Crepsley blieb stehen. Er wusste, dass es nicht ratsam war, sich mit einem betrunkenen Vampir einzulassen, schon gar nicht mit jemandem von Vanchas Körperkraft. »Das ist doch dummes Zeug, Euer Gnaden«, beschwichtigte er den Fürsten. »Kommt mit herein. Wir besorgen noch eine Flasche Schnaps, die können wir gemeinsam aus…«

»…trinken, jawohl, und zwar auf das Wohl des Vampyrlords!«, kreischte Vancha übergeschnappt.

»Das ist Wahnsinn, Euer Gnaden«, sagte Mr. Crepsley.

»Ganz genau«, pflichtete ihm Vancha mit nüchterner, trauriger Stimme bei. »Aber die ganze Welt ist dem Wahnsinn verfallen, Larten. Weil ich das Leben meines Bruders, der einst das meine gerettet hat, verschont habe, ist unser schlimmster Feind entkommen, wodurch sich unser gesamtes Volk der Vernichtung gegenübersieht. Was ist das nur für eine Welt, in der das Böse einer guten Tat entspringt?«

Darauf wusste Mr. Crepsley auch keine Antwort.

»Der Tod ist keine Lösung«, meinte Harkat. »Ich muss es schließlich wissen.«

»Nein, eine Lösung ist er nicht«, stimmte ihm Vancha zu, »aber er ist eine Strafe, und ich habe Bestrafung verdient. Wie soll ich meinen Mitfürsten und den Obervampiren nach dieser Schmach noch unter die Augen treten? Meine Gelegenheit, dem Lord der Vampyre den Garaus zu machen, habe ich verpasst. Es ist besser, dass ich ebenfalls dahingehe, als noch länger hier zu verweilen und Schande über uns alle zu bringen.«

»Du hast also vor, hier draußen zu bleiben und dich von der Sonne umbringen zu lassen?«, fragte ich.
»Genau«, lachte er heiser auf.
»Du bist ein Feigling«, erwiderte ich verächtlich.
Sein Gesichtsausdruck verhärtete sich. »Pass auf, was du sagst, Darren Shan! Ich bin gerade in der Stimmung, vor meinem Abgang noch den einen oder anderen Schädel einzuschlagen!«
»Und ein Schwachkopf dazu«, fuhr ich dessen ungeachtet fort, stürmte an Mr. Crepsley vorbei und zeigte mit dem Zeigefinger meiner gesunden linken Hand anklagend auf Vancha. »Wer gibt dir das Recht, dich einfach davonzumachen? Wie kommst du auf den Gedanken, unserer Suche den Rücken zuzukehren und uns alle im Stich zu lassen?«
»Was redest du da?«, stotterte Vancha verwirrt. »Ich habe mit der Suche nichts mehr zu tun. Sie obliegt jetzt dir und Larten.«
»Ach ja?« Ich drehte mich um, hielt nach Evanna und Meister Riesig Ausschau und entdeckte sie Seite an Seite hinter der Menge der Zirkusartisten und ihrer Helfer, die vom Gebrüll des Fürsten angelockt worden waren. »Lady Evanna! Meister Riesig! Antwortet mir, wenn es euch möglich ist: Hat Vancha immer noch eine Rolle bei unserer Jagd nach dem Lord der Vampyre zu spielen?«
Meister Riesig wechselte einen verunsicherten

Blick mit Evanna. Nach kurzem Zögern sagte sie widerstrebend: »Er hat die Möglichkeit, die Suche zu beeinflussen.«

»Aber ich habe versagt«, heulte Vancha auf.

»*Einmal*, das stimmt«, sagte ich zustimmend. »Aber wer kann sagen, dass sich dir keine zweite Chance bietet? Niemand hat behauptet, wir hätten jeder nur eine einzige Chance. Nach allem, was wir wissen, bist *du* derjenige, dem sich alle vier Gelegenheiten bieten!«

Vancha blinzelte, sein Mund klappte langsam auf.

»Selbst wenn die Chancen gleichmäßig verteilt sind«, warf Mr. Crepsley ein, »haben wir immer noch drei weitere, und Darren und ich sind nur zwei – demnach hält das Schicksal für einen von uns mindestens noch eine zweite Chance im Feldzug gegen den Lord bereit.«

Vancha wog unsere Worte ab, dann ließ er die Flasche fallen und kam auf mich zugetorkelt. Ich fing ihn auf und stützte ihn. »Ich bin ein ziemlicher Idiot, was?«, ächzte er.

»Stimmt«, nickte ich lächelnd und führte ihn in den Schatten, wo er sich wie wir zur Ruhe bettete und bis zum Anbruch der Nacht selig schlummerte.

Bei Sonnenuntergang standen wir auf und versammelten uns in Meister Riesigs Wohnwagen. Draußen wurde es rasch dunkel. Vancha trank eine Tasse dampfend heißen Kaffees nach der anderen, um seinen Kater zu bekämpfen, und wir debattierten über unsere nächsten Schritte. Wir kamen zu dem Schluss, dass es das Beste wäre, wenn wir den Cirque Du Freak wieder verließen. Ich wäre gern noch länger geblieben, ebenso Mr. Crepsley, doch unser Schicksal erwartete uns anderswo. Abgesehen davon könnte Gannen Harst mit einer Vampyr-Armee zurückkehren, und wir wollten hier weder in der Falle sitzen, noch den Zorn unserer Feinde auf die Zirkusleute lenken.

Evanna würde uns nicht weiter begleiten. Die Hexe wollte lieber zu ihrer Höhle und ihren Fröschen zurückkehren und sich auf bevorstehende Katastrophen vorbereiten. »Ihr könnt euch darauf verlassen, dass es zu Katastrophen kommen wird«, sagte sie mit einem Aufblitzen ihres grünen und ihres braunen Auges. »Ob eher für die Vampire oder für die Vampyre, kann ich noch nicht sagen. Aber für eine Partei wird es mit Tränen enden, so viel ist gewiss.«

Ich kann nicht behaupten, dass ich die kleine, haarige, hässliche Hexe nach ihrem Abschied sonderlich vermisst hätte. Ihre düsteren Prophezeiungen hatten uns nichts als Kummer und böse Vorahnungen eingebracht. Meiner Meinung nach waren wir ohne sie besser dran.

Auch Vancha machte sich allein auf den Weg. Wir waren übereingekommen, dass er zum Berg der

Vampire zurückkehren und den anderen von unserer Begegnung mit dem Lord der Vampyre berichten sollte. Außerdem mussten sie über Gannen Harst Bescheid wissen. Der Vampirfürst sollte sich uns später wieder anschließen, indem er mental mit Mr. Crepsley Verbindung aufnahm.

Wir verabschiedeten uns rasch von unseren Freunden im Cirque Du Freak. Evra war traurig, dass ich ihn schon so bald wieder verließ, aber er wusste, dass mein Leben in komplizierten Bahnen verlief. Shancus war noch trauriger. Sein Geburtstag stand bevor, und er hatte sich schon auf ein wunderbares Geschenk gefreut. Ich tröstete den Schlangenjungen damit, dass ich unterwegs bestimmt etwas Tolles finden und ihm schicken würde – auch wenn ich nicht garantieren konnte, dass es noch rechtzeitig zu seinem Geburtstag eintraf.

Truska fragte, ob ich mein abgeändertes Piratenkostüm mitnehmen wolle, doch ich bat sie, darauf aufzupassen, denn ich befürchtete, dass es unterwegs nur schmutzig und beschädigt würde. Ich versprach ihr, bald wiederzukommen und es anzuprobieren. Sie ermahnte mich, mein Versprechen nicht zu vergessen, und verpasste mir einen langen Abschiedskuss, bei dem Vancha vor Eifersucht beinahe in die Luft gegangen wäre.

Meister Riesig wartete am Rande des Lagers auf uns, kurz bevor wir uns auf den Weg machten.

»Tut mir Leid, dass ich nicht früher da sein konnte«, sagte er. »Dringende Geschäfte. Schließlich muss die Show weitergehen.«

»Mach's gut, Hibernius«, sagte Mr. Crepsley und schüttelte dem großen Mann die Hand. Diesmal schreckte Meister Riesig vor der Berührung nicht zurück.

»Du auch, Larten«, erwiderte er mit feierlichem Gesichtsausdruck. Mit einem Blick in unsere Runde fügte er hinzu: »Vor uns liegen finstere Zeiten, ganz egal, wie eure Suche auch ausgeht. Ich möchte euch noch sagen, dass auf euch – auf euch alle – hier im Cirque Du Freak immer ein Zuhause wartet. Leider darf ich bei der Gestaltung der Zukunft keine so aktive Rolle spielen, wie ich es gern möchte, aber ich kann euch jederzeit eine Zuflucht bieten.«

Wir bedankten uns für sein Angebot und sahen ihm nach, wie er davonging, bis er von den Schatten seines geliebten Zirkuslagers verschluckt wurde.

Zögernd blickten wir einander an. Keiner von uns wollte als Erster gehen.

»Na denn!«, polterte Vancha schließlich. »Höchste Zeit, dass ich mich aus dem Staub mache. Bis zum Berg der Vampire ist es ein weiter Weg, sogar wenn ich husche.« Eigentlich war es den Vampiren nicht erlaubt, sich ihrem Berg huschend zu nähern, doch in Zeiten des Krieges

wurden die Vorschriften zur Gewährleistung einer rascheren Verbindung zwischen Obervampiren und Fürsten ein wenig gelockert.
Einer nach dem anderen schüttelten wir Vancha die Hand. Bei dem Gedanken, mich von dem rothäutigen Fürsten, der die Sonne zum Zweikampf herausgefordert hatte, trennen zu müssen, wurde mir ganz elend zu Mute. »Kopf hoch«, lachte er, als er meine düstere Miene sah. »Ich bin rechtzeitig zurück, um den zweiten Angriff auf den Lord der Vampyre anzuführen. Mein Wort darauf, und Vancha March hat sein Wort noch nie ge …« Er hielt inne. »›March‹ oder ›Harst‹?«, überlegte er laut, dann spuckte er in den Staub vor seinen Füßen. »Bei Charnas Eingeweiden! Ich lebe schon so lange mit dem Namen Vancha March – jetzt bleibe ich auch dabei!«
Dann winkte er kurz, drehte sich abrupt um und trabte davon. Bald rannte er, erreichte mit einem Ruck Huschgeschwindigkeit und entschwand unseren Blicken.
»Da waren's nur noch drei«, murmelte Mr. Crepsley und sah Harkat und mich an.
»Genauso, wie wir vor sechs Jahren angefangen haben«, sagte ich.
»Aber damals hatten wir ein Ziel«, bemerkte Harkat. »Wo gehen wir … dieses Mal hin?«
Ich blickte Mr. Crepsley fragend an.
Er zuckte die Achseln. »Das können wir später

noch entscheiden. Jetzt sollten wir einfach losmarschieren.«

Also schulterten wir unser Gepäck, schenkten dem Cirque Du Freak einen letzten, wehmütigen Blick, stiefelten los und stellten uns der kalten, abweisenden Dunkelheit, den Mächten des Schicksals und den auf uns wartenden Schrecknissen der Nacht.

FORTSETZUNG FOLGT …

Begleitet Darren und seine Gefährten auch weiterhin bei der Verfolgung ihrer Feinde …

Darren Shan

Und die Verbündeten der Nacht

Etwas traf mich brutal am Hinterkopf, und ich stürzte in einen Müllhaufen. Noch im Fallen stieß ich einen Schrei aus, rollte mich zur Seite und bedeckte den Hinterkopf schützend mit beiden Händen. Ein silberner Gegenstand krachte an der Stelle auf den Boden, an der sich eben noch mein Kopf befunden hatte, Funken stoben auf.

Ohne weiter auf meinen verletzten Schädel zu achten, rappelte ich mich rasch auf und sah mich nach etwas um, mit dem ich mich verteidigen konnte. Nicht weit entfernt lag der Plastikdeckel eines Abfalleimers. Er würde zwar nicht viel nützen, aber etwas Besseres stand mir nicht zur Verfügung, deshalb bückte ich mich hastig, schnappte ihn mir und hielt ihn wie einen Schild vor mich. Dann wirbelte ich herum, um mich der Attacke meines Angreifers zu stellen, der mit übermenschlicher Geschwindigkeit auf mich zugeschnellt kam.

Etwas Goldenes blitzte auf, krachte auf meinen behelfsmäßigen Schild nieder und zerschnitt ihn in zwei Teile. Jemand kicherte glucksend – es klang gefährlich irr und zugleich abgrundtief böse.

»Ich hacke dich in Stücke!«, prahlte mein Angreifer und umkreiste mich argwöhnisch. Seine Stimme klang seltsam vertraut, aber ich konnte sie nicht richtig einordnen, sosehr ich mich auch bemühte.

Als er erneut ausholte, musterte ich seine Silhouette. Er trug dunkle Kleidung, über das Gesicht hatte er eine Kapuzenmütze gezogen. Darunter ragte ein Stück Bart hervor. Er war groß und bullig, und über seinen gefletschten Zähnen konnte ich zwei blutrote Augen funkeln sehen. Er hatte keine Hände, sondern zwei metallene Verlängerungen – eine aus Gold, die andere aus Silber – an den Enden seiner Arme. An jeder saßen drei scharfe, todbringende Haken.

Der Vampyr – seine Augen und seine Geschwindigkeit verrieten ihn als solchen – schlug erneut zu. Er war schnell, aber ich wich den Todeshaken aus, die sich hinter mir in die Hauswand bohrten und einen beeindruckenden Krater hinterließen, als er sie wieder herauszog. Es dauerte nur einen Atemzug, bis sich mein Angreifer befreit hatte, doch diesen Augenblick nutzte ich zum Gegenschlag und trat ihm gegen die Brust. Allerdings

hatte er die Attacke erwartet und riss den anderen Arm nach unten, erwischte mich voll am Schienbein und schlug das Bein brutal unter mir weg.
Ich heulte auf, als mir der Schmerz bis in die Hüfte hochschoss. Wie rasend hüpfte ich auf dem anderen Bein und schleuderte den unbrauchbar gewordenen Mülleimerdeckel auf den Vampyr. Er duckte sich lachend zur Seite. Ich versuchte davonzurennen – es ging nicht. Mein verletztes Bein trug mich nicht mehr, und schon nach ein paar Schritten brach ich hilflos zusammen.
Sofort rollte ich mich auf den Rücken und starrte den Vampyr mit der Klauenhand an, der sich mir genüsslich näherte und dabei die Arme drohend hin und her schaukeln ließ. Seine Klauen schrammten mit einem schaurigen Kratzen aneinander. »Jetzt mach ich Hackfleisch aus dir«, fauchte der Vampyr. »Langsam und schmerzhaft. Mit deinen Fingern fange ich an. Einen nach dem anderen schneide ich sie dir ab. Als Nächstes kommen die Hände dran. Dann die Zehen. Anschließend …«
Ein dumpfer Knall ertönte, gefolgt von einem Zischen, das die Luft zerteilte. Etwas schoss am Kopf des Vampyrs vorbei, verfehlte ihn nur knapp, traf die Mauer und blieb dort stecken – ein kurzer, dicker Pfeil mit stählerner Spitze. Mein Gegner duckte sich fluchend und verbarg sich in der Dunkelheit der Gasse.

Wie Spinnen krochen die Sekunden langsam meine Wirbelsäule hinauf. Außer dem wütenden Schnaufen des Vampyrs und meinem unterdrückten Schluchzen war nichts zu hören. Der unsichtbare Bogenschütze gab keinen Laut von sich. Der Vampyr wich langsam zurück, suchte meinen Blick und fletschte die Zähne: »Wir sehen uns noch«, versprach er mir. »Du wirst langsam sterben, unter Höllenqualen. Ich zerschneide dich. Zuerst die Finger. Einen nach dem anderen.« Dann drehte er sich um und rannte los. Ein zweiter Pfeil wurde auf ihn abgefeuert, doch er zog den Kopf ein, und das Geschoss verfehlte ihn abermals, bohrte sich in eine riesige Mülltüte. Der Vampyr rannte aus der Einmündung der Gasse auf die größere Straße hinaus und war kurz darauf in der Nacht verschwunden.

Eine ganze Weile passierte überhaupt nichts. Dann vernahm ich Schritte. Ein Mann mittlerer Größe trat aus der Dunkelheit. Er war schwarz gekleidet und hatte einen langen Schal um den Hals geschlungen. Handschuhe bedeckten seine Hände. Sein Haar war grau, obwohl er nicht alt war, und sein Gesichtsausdruck wirkte streng. In der Hand hielt er eine Waffe, die wie ein Gewehr aussah, aus dessen Ende ein Pfeil mit Stahlspitze ragte. Eine zweite Waffe dieser Art hing über seiner linken Schulter.

Ich setzte mich ächzend auf und versuchte durch

kräftiges Reiben mein rechtes Bein wieder zum Leben zu erwecken. »Vielen Dank auch«, sagte ich, als der Mann näher heran war. Er antwortete nicht, sondern ging weiter auf den Ausgang der Gasse zu, wo er die Umgebung nach dem Vampyr absuchte.

Dann drehte sich der Grauhaarige um, kam zurück und blieb ein paar Meter von mir entfernt stehen. Die eigenartige Armbrust lag noch immer in seiner rechten Hand, doch sie zeigte nicht nach unten auf den Boden – sie zielte direkt auf *mich*.

»Würde es Ihnen etwas ausmachen, das Ding ein wenig zu senken?«, fragte ich und zwang mich zu einem kläglichen Lächeln. »Sie haben mir gerade das Leben gerettet. Wäre doch schade, wenn der Pfeil unabsichtlich losgehen und mich töten würde.«

Seine Antwort erfolgte nicht sofort. Auch die Waffe blieb auf mich gerichtet. Nichts an ihm signalisierte so etwas wie Mitgefühl. »Wundert es dich nicht, dass ich dein Leben verschont habe?«, fragte er dann. Wie bei dem Vampyr hatte ich auch bei ihm den Eindruck, seine Stimme von irgendwoher zu kennen, und wieder konnte ich sie nicht einordnen.

»Ich ... eigentlich schon«, erwiderte ich lahm, den Blick ängstlich auf die Waffe gerichtet.

»Weißt du, warum ich dich verschont habe?«

Ich schluckte. »Etwa aus Mitleid oder Güte?«

»Kann sein.« Er kam einen Schritt näher. Die Spitze der Waffe zielte jetzt genau auf mein Herz. Wenn er abdrückte, riss er ein Loch von der Größe eines Fußballs in meine Brust. »Vielleicht wollte ich mir dich aber auch für mich selbst aufsparen!«, zischte er.